ダッシュエックス文庫

ドラゴンギャルのネイリスト

折口良乃

プロローグ　ネイリストご指名

俺のクラスには、同じ人間とは思えない女がいる。

誰に対しても人当たりがよく、明るくて、いつも笑顔で、常に友達に囲まれている――そんな、本当に、同じ人間かと疑われるような女。

「でさー、その時の撮影がマジヤバくてー」

「うそー」「大げさに言ってんでしょ」

「いやマジだって！　マジでパないんだって！」

語彙が『ヤバい』『パない』『マジ』しかない女。

しかしそんな女には人が集まり、自然とクラスの中心となり、輪が完成する。

輪。つまりサークルである。

どんなコミュニティサークルにおいても、中心になれる女が――クラスメイトの五島サヨリである。

斜め向かいの机にどっかりと座り、足を組みながら、『マジヤバい』話を繰り返している。

なんであんなに明るく、みなの中心でいられるのだろう。

（理解できん……）

俺——吾妻肇は、注目を集めるのも苦手。会話も苦手。つまり人付き合いが苦手。

得意なことと言えば、プラモデルの制作くらい。

五島サヨリと同じ人間とは思えない。

（まあ、俺には角も、鱗も、尻尾もないが……）

厳密にいえば、五島サヨリは同じ『人間』とは言いがたい。

染めた金髪の間からは、湾曲した金色の角が伸びている。

下着が見えるのではないかと、思わず心配になるスカートからは、大きく長い尻尾が伸びて、うねうねと先端が動いている。

目元と手には、わずかに鱗が残っている。かつては全身に鱗があった名残だとも聞く。

ゲームでよく見るドラゴンの特徴。五島サヨリは、ドラゴンの特徴を全身に持つ『亜人』なのである。

まあ、『亜人』が差別された時代もあったようだが、今は下手にそんなことを言うと、言ったほうが差別主義者として、人間扱いされなくなる。

かくも人間は、同じ人間同士で線を引きたがる。

完全無欠、クラスの中心のギャル、五島サヨリは、やはり俺とは違う人間だ。

（さっきから撮影の話か……？）

よく通る声で聞こえてくるのは、ファッション誌の撮影の話だと思われる。

五島サヨリは亜人向けのファッション誌で、モデルまでしているそうだ。

ファッション誌など読んだこともないからわからないが、女性たちの間では注目の的であろうことは想像がつく。

服がメインとはいえ、自分の顔が雑誌に載るというのは、ちょっと怖いな、とも思う。自分が作ったもの、であればこそか――。

「よぉ、吾妻」

そんな風に、はす向かいに座るギャルに思いを馳せていると、反対側から声をかけられた。

隣の席の友人、宮部である。

「吾妻、アレ見たぞ。お前の作例が載ってた雑誌」

「ああ。あんまり上手くできなかった……雑誌に載るのも四回目だし」

「マジかよ。あんなにカッコよかったのに。装甲がサビてる部分とか、プラモデルとは思えなかったぜ」

「まあ、質感にこだわって作ったし……汚しはちょっと失敗したけど」

なじみの友人にも、ぼそぼそと陰鬱にしゃべってしまうのが俺である。ああ陰キャ。

俺の趣味は、プラモデルの制作。父の所有するガレージの一部を借りて、プラモの制作、改造、塗装などをしている。

宮部が言っているのは、雑誌に投稿した作例のことだろう。

オタク的な趣味だと自虐はするが、それでも好きでやっていることだし、褒められたら悪い気はしない。

などと思っていたら。

「ねえねえっ！」

「ッ!?」

いつの間にか、俺の机の前に、五島サヨリが近づいていた。

身を乗り出して目線を合わせてくる。うお、まつ毛なっが！　化粧すご！

てかそもそも、話すの初めて――。

「いま、雑誌とかモデルとか話してた!?　もしかしてアタシの雑誌買ってくれたの!?」

「は？　いや、ちょっと――」

「いやぁ～、最新号の撮影マジでヤバくて！　冬なのに生足の服で、寒くて死ぬかと思ったんだよねぇ～！　そしたら友達のモデルが『ドラゴンなのに寒いんデス？』とか言ってきやがってぇ！　マジあり得ないでショ？　火でも噴くと思われてんのかな!?　吾妻クンもそういう雑誌読むの!?」

「待て待て待て……」

話が止まらん。全然話したことないはずの俺になんでこの距離感なんだよ。

俺はなんとか説明しようとするが、ギャルの顔が近すぎて真っ当な返事が出てこない。

「五島、違う。プラモデルの話」

宮部が助け船を出してくれた。

彼はアニメやプラモの話もできるが、割とコミュ力が高いので、五島サヨリのような人間ともある程度話せる。

口ごもる俺とは大違いである。

「プラモデル!?　吾妻クン、プラモデル作ってるの？」

「あっ、ああ……その、少しだけ……」

なんで食いつくんだよ。

「すっごぉ～い！　見せて見せて！」

「こ、ここにはない――家のガレージに」

「いやスマホの写真とかあるっしょ!?」

「親の一眼レフ借りて撮ってるから……」

俺のスマホのカメラ性能ではクオリティが低すぎる。

「そっかぁ～。残念……」

「ええと、なんで、そんなに」

「え!?　だって見たいじゃん!?　雑誌に載るくらい、すごいプラモ作れるんでしょ!?」

モデルとして雑誌に載っている女に言われても、高度な皮肉にしか聞こえない。

「五島、五島。吾妻がびっくりしてるから」

見かねた宮部が、五島に声をかけた。

「あ、そか！　ごめん！　急にこんな話して困るよね！」

「い、いや、別に――」

「今度、また話聞かせてね！　じゃあねぇ～！」

五島が風のように、その身をひるがえす。

五島のスカートには、専用の穴があけられ、そこから太いドラゴンの尻尾が伸びていた。

尻尾用の穴だとわかっていても、スカートに穴があいているだけで、ドキッとしてしまうのは男子としては普通だろう。

とにかく尻尾をゆらゆらさせながら、五島は女子たちの輪に戻っていく。

「っ、はぁ、はあぁぁぁ～～～～」

五島と話しているあいだ、緊張でほとんど息が止まっていたことに気づき、俺は肺呼吸を取り戻した。

「たたみかけられたなァ」

宮部が苦笑しながら俺の肩を叩く。

「なっ、んで、俺にそんな、急に……っ！」

「プラモに興味あったんじゃね？」

「ギャルだぞ？　有り得ないだろ？」

「いやおかしくねーだろ。ギャルだってアニメも見るしゲームもするし」

「だからって、プラモ――」

「まあ、なにか理由があるのかもしれないけどさ。あんだけ食いついたんだから、興味がないわけじゃないでしょ」

俺は五島サヨリが、ニッパーでプラモを作っていく様子を想像しようとしたが、うまくいかなかった。

そもそも伸ばしている長い爪が、細かい作業に向いていなさそうだ。

「ま、次の機会があったら色々教えてあげれば？　吾妻」

「あったらな――」

どうせ、五島サヨリは、俺と会話をしたことも次の瞬間には忘れている。

向こうはギャルで、こっちは陰キャのプラモデラー。接点なんてないし、あったとしても一瞬なのだ。

噛み合うことはない、違う人間。

違う人間だと、そう思っていたのに――。

俺は、五島サヨリと初めて話してから数日後に、宮部の言う『理由』を知ることになるのだった。

「吾妻クン、アタシにネイルして！」

屋上に呼び出した五島サヨリが、いきなり俺にそう言ってきた。

「アタシさ、ドラゴンだから爪がめっっっちゃ丈夫らしくて！　どこのネイルサロンに行っても、道具壊しちゃったり、ポリッシュが乗らなかったりしてさ！」

ぽりっしゅ？　用語がすでにわからない。

「近所のネイルサロンぜーんぶ出禁食らってんの、マジウケるよね!?　いや全然ウケねーわマジピンチなんだって！」

俺は五島サヨリのテンションに全然ついていけない。

「待て、ネイルなんて全然、俺は――」

「なんか、ネイルとプラモって似てるんでしょ？　削ったり塗ったり」

「は？」

たしかにそんな話を聞いたことがある。

だがそれは、プラモの表面処理や塗装の工程が、ネイル塗装と似ている――程度の話なのではないか。

同じ技術を使うわけではない、と思うのだが——。

「お願い！　吾妻クン！」

絶対に、俺なんかと接点がなかったはずの光のギャルが、両手を合わせて拝む。

彼女の爪——人間とは違う、金色の爪が、鈍く輝いているのが見えた。

ネイルなんてしなくても、五島サヨリのドラゴンの爪は、十分キレイに見えるのに。

「アタシにネイル、やってくれない⁉」

「……う、あー……」

断るべきだと思っていたのに。

俺なんかに必死に頭を下げる五島サヨリの姿を見ると、どうしてもその言葉が出てこないのだった。

「と、とりあえず、もう少し話を聞かせてくれない、か？」

話を聞いたところで、ネイルなんてできるわけがない。

なのに俺は自然とそんなことを言っていた。

陰キャは強く頼まれると、ＮＯと言えない生き物なのだ。

「ホントッ⁉　ありがとっ吾妻クン！」

まだやるとは言っていないのに、五島サヨリの顔がぱあっと輝いた。

ああ——ネイルなんてやったことないけど、とにかくこの顔は裏切れないと、そう思ってしまうのだった。

やがてドラゴンギャルのネイリストになる俺の、これが初のご指名だった。

第一章　ネイルチップ

The nail technician
of The DragonGAL!!

話は、少しだけさかのぼる。

初めて五島サヨリと会話してから数日後、俺は駅前のショッピングモールに来ていた。

目当てはもちろん、モールの一角にある模型店である。

「はあ、良かった——」

店頭に並んでいる最新キットを見て、俺は安堵する。

最近は転売需要があるのか、最新のキットが発売と同時に売り切れることも少なくない。無事に店に置かれているだけでほっとするのだ。

俺——吾妻肇の趣味はプラモデル制作。

小学生のころから、見様見真似で延々と制作を続けていた。おかげで友達は少ないし、人気のテレビや動画配信者もまったく知らない。

しかし、そんな孤独な制作活動のおかげで、一応は雑誌に載るくらいのものは作れるようになった。

　最近ではネット経由で、プラモ作りの代行サービスなんかもやっている。これで、自分の小遣いは稼いでおり、それがまたプラモ制作に使われるというわけだ。

　最新キットを手にした俺は、内心、胸躍らせながら、店内を巡っていた。

（あとはスポンジヤスリと、溶剤と……一応、そろそろニッパーも買っておくか。今のニッパーの切れ味、ちょっと怪しいもんな）

　模型店を回るのは好きだ。どこを見てもプラモのための道具しかない。

　必要のない道具まで買いそろえてしまうのも、モデラーの性だろうか。

　そうして模型店特有の狭い通路を歩きまわっているとき――。

「ええぇ～？　これであってんのかなぁ？　……ってか見た目が可愛くないなぁ。やっぱ数字がおっきいほうが強いのかなあ？」

　どう考えても模型店にそぐわない、派手なギャルがそこにいた。

　金髪から伸びる角、スカートから見える尻尾――間違いない。クラスメイトの五島サヨリである。

「はっ？」

「あっ！　吾妻クンじゃーん！」

　変な声を出してしまったせいで、すぐに気づかれた。

　ギャル特有のフットワークで、ぎゅいと近づいてくる。早いし躊躇がない。

「吾妻クンも買い物？」

「あ、ああ、その、今日発売のキット……」

「あ、新発売って書いてある！　これから作るの？」

「一応、その、つもり……」

宮部、助けてくれ！　と、ここにいない友人を心の中で呼んだ。当然来るはずもない。

「なにか、プラモ、作るのか……？」

至極当たり前のことを聞いてしまった。

模型屋にいるんだから作るに決まってる。いやでも、ギャルってプラモ作るのか？

「ううん、アタシ、プラモわかんないから」

えへへー、と笑うギャルだった。

「あ、吾妻クン、詳しいんでしょ！　教えてよ！　アタシ、ちょっと工具？　が欲しくて。ここならあるかなーって思ったんだけど」

「工具……ええと、どんな？」

「削るやつ？」

なにをだ。

いや、模型店で探してるんだからプラスチックに決まってるだろ。落ち着け俺。コミュ障だからって変に気負い過ぎる必要はない。

淡々と、聞かれたことだけ答えればいい。

「削るなら基本的にはヤスリとか……スポンジヤスリとかは使いやすいと思うが、その、用途というか、目的というか……」

「がりがり～って強めに削りたい！　ダイヤモンドも削れるような」

「そんな工具はプラモ屋にはない」

オーダーが全部ふわっとしすぎている。

ついツッコミを入れてしまった。ていうかプラモ削るんじゃないのか？

とりあえず五島サヨリの口ぶりだと、かなり大きな面積で、固いものを削りたいように思える。ならば金属の棒ヤスリが適しているだろう。

「まあ、とりあえず、この辺のヤスリなら……多分、使いやすい……最初にこれで削って、それから番手の大きい順で削っていくと、きれいに仕上がる……」

「あ、なるほど！　シャイナーと一緒だ！」

シャイナー？

聞きなれない単語が出てきた。なんの話かと聞き返す前に、ギャルは俺が勧めたヤスリを手に取っていく。

「よっしゃこれ買お！」

判断が早いというか、ためらいがないというか——これがギャルなのか？

「うーし！　きっとこれでカンペキっしょ！」

「あ、ああ、なに作るが知らないが……上手くできると、いいな」

俺の、偽らざる本音だった。

五島もそれに満面の笑みで返してくれる。

「うん！　ありがと吾妻クン！　よっしゃーギャルの本気見せてやるかんなーっ！」

五島サヨリは燃えていた。誰に対して言っているんだ。

彼女はそのままの勢いで会計を済ませ、俺に手を振りながら（ついでに尻尾も振りながら）模型店を後にした。

結局、彼女がなんの目的で工具を買ったのかは、聞きそびれてしまった。

（でもまあ、いいか）

大したことのないアドバイスでも、俺は善行を積んだ気になれた。

本来はアニメやゲームとして、見ているだけだったはずのものを、プラモデルとして目の前に作りだすことの楽しさはとてもよくわかる。

五島サヨリにもなにかそういった、生み出したいものがあるのかもしれない。

彼女の制作が上手くいくように願いながら、俺もまた、会計を済ませる。

その時はただ、模型店で五島サヨリと出会って、少しだけ話した——それだけのことだったのだが。

（まさか――あの時、コイツがヤスリを買ったのって……）

時は現在。

学校の昼休み。屋上にて五島サヨリから、なんとも予想外の『ネイルをやってほしい』というお願いをされた直後。

「お、おおお前、まさか、自分の爪を均すためにヤスリを買ったのか!?」

「うん、そだよー」

めまいがした。あのヤスリはプラモ用だ。断じて爪を削るためのものじゃない。

「ばっ、そんな、お前、爪が全部削れるぞ!?」

「いや、それがさぁ、見てよ吾妻クン！」

五島サヨリは、ばっと自分の手を見せてくる。

手の甲をこちらにして、爪が見やすいように。彼女の五本の指には、人間の爪とは違う、鋭い金色の爪が、燦然と輝いていた。

「あのヤスリ使ってもさ、ぜーんぜん削れないの！　ありえんくない!?　最後はヤスリのほうが平らになっちゃってさぁ！」

「……おい、マジかよ」

どれだけの硬度なんだよ、この爪は。

五島サヨリの爪は、かぎ爪のようにやや湾曲し、鋭い先端がきらりと輝いている。

鉄ヤスリで削れないなら、人間の身体なんて引き裂いてしまえるのでは——と怖いことを考えた。

「まじドラゴンって不便なんだけど！　この爪のせいで、全然ネイルできないの！」

「さっき、サロンを出禁になったって言ってたよな……？」

「そ！　サロンの道具は全部だめになっちゃうし、なんでかわからないけどポリッシュもすぐ剝がれちゃってさ、めっちゃ見た目悪いんだよねぇ！　もー信じらんない！」

「ポリッシュってのは……」

「あ、いわゆるフツーのマニキュアの塗料。ほら、小さい瓶に入ってるのがあるっしょ？」

あれはポリッシュというらしい。

ある業界では当たり前でも、他では全然聞かない用語というのは珍しくない。モデラーだって『素組み』とか『合わせ目消し』とか、モデラーの間でしか使わない用語は多数ある。

（——やっぱり一から学んでいかないと、ネイルなんてできないのでは？）

俺は覚悟を決めると同時に。

とっくに五島サヨリのネイルをやる気になっている自分がいることに、驚いていた。

「だからぁ、もうしょーがないから自分で削ってみよって思ったの。それで、吾妻クンがプラモデルの話してたじゃん？」

「あ、ああ」

こないだ、五島サヨリのほうから話しかけてきたときの話らしい。

「プラモとネイルって似てるって聞いたことあったからさぁ！　ネイル用の道具じゃなくて、プラモ用の道具使えばいーじゃん！　アタシ、マジ天才！　って思ってぇ～」

「それで——模型店に？」

「そうそう！　吾妻クンとばったり会うとは思わなかったけど！　よく行くの？」

「あそこは便利だから……」

「ふうん？　確かにお店も広いし、道具もたくさんあったよね！　塗るヤツも、マニキュアのカラーみたいにたくさんあったし！　アタシ、カラーがたくさん並んでるの見るとなんかワクワクしちゃうんだよね！　ウケる！」

脱線が止まらない止まらない。

ギャルの話は暴走列車みたいなもんで、脱線してもそのままフルスピードで走っていってしまう。

「え、ええと、それで——自分で爪、削ってみた、と」

コミュ障なりに軌道修正を試みる。

「うん！　全然削れんかったけど！　ぴえん！」

ぴえんとか言ってるが、彼女の顔は『あはっ☆』という感じ。全然ネガティブな感情を見せてこない。

「ねえ、お願い！　アタシじゃプラモの知識なんてないし、もう吾妻クンにネイル頼むしかないの！　どうにかして！　ねっ！」

けれど。

俺から見れば天下無敵、悩みなんてなさそうだったギャルが、手を合わせて必死に頼みこんでくるのを見てしまうと。

どうにか力になってやりたいと――柄（がら）にもなく、そう思うのだった。

「俺の考えだけど、多分……」

「うん？」

「ネイルと、プラモが似てるっていうのは、あくまで、共通する部分がある――というだけだと思う。使う道具も、塗料や溶剤も、技術だって、人間の爪とプラモじゃ、きっと全然違うはずだからな」

「う、うん……だよね」

ドラゴン娘の爪は、普通の人間とは違うようだが、それでもまさかプラモデルのように加工できるわけではないだろう。

五島サヨリは一目でわかるほど落ち込んだ。先ほどまで上を向いていた尻尾の先端が、しゅんと下を向くのでわかりやすい。

「だから、勉強する」

「えっ」

「どうすればネイルができるのか、俺なりに調べてみる。すぐにはできないと思うけど、ちょっと時間がほし――」

「それってネイルしてくれるってこと!?　マ!?　ガチ嬉しいっ！」

「だから待てって！　調べるから！」

　こっちは知識ゼロなんだよ！

なにをすればいいかわからない状態から、手探りでやらなきゃいけない。本当にモデラーの技術を応用できるかもわかんないしな。

「やったぁ～っ！　アタシにもネイリストさんついたぁ～！」

　両手を上げてぴょんぴょんと跳ねる五島サヨリ。

「だーかーらっ！　話を聞け！　まずは俺に勉強させろ！」

「うんうん、わかってるわかってる♪　吾妻クンが勉強するくらい、本気でやってくれるって思うと、もう、それだけで嬉しい！」

　五島サヨリは満面の笑みだった。

　意欲が伝わったってことらしい。

「……ネイルなんて、未経験だ。本当にできるかどうか、わからないぞ」

「無理って言われると思ってたからさ！　そう言ってくれるだけでもガチ感謝だし？」

「ダメ元で頼んだのか？」

「なにごとも、言ってみなきゃじゃん？　断られるならそれまでってゆーか？」

ダメなら仕方ない、と思っていたようだ。

ただ、陰キャには断るという選択肢が、そもそもなかったりする。

だが、ただ流されたつもりもない。五島サヨリの言うネイルにもちょっと興味が出てきたし、自分の持ってる知識で彼女のためになれるなら。

それは俺も、少し嬉しいかも――そんな風に思えたから。

「俺、父さんのガレージを借りてるんだけど」

「ガレージ？　車入れるとこ？」

「そう。父さんがガレージの隣にある事務室を、俺のプラモ制作に使わせてくれてる。もしもネイルの作業するなら、そこが一番、集中できるから……汚いし、プラモの道具ばっかだけど、それでもいいなら」

俺はあのガレージを気に入っている。

父から借りた場所だが、自分だけの制作室。自分だけの秘密基地という感じがして、好きなのだ。

あたかも自分が、プロの職人になったかのような気分になれる――いやこれは調子に乗りすぎか？　まだまだアマチュアのモデラーだしな。

「えー、すっご！　吾妻クンだけのネイルサロンじゃんっ！」

「いやサロンとかそんな雰囲気じゃ全然……」

「とりま、楽しみにしてるから！　準備ができたら教えてねっ！」

サヨリは手を振りながら、屋上を出て行った。

なんというか、感情と行動が直結していて、ラグが全然ない。考えたことを行動に移すまで時間がかかる俺とは正反対だ。

「ネイル、かあ……」

なにをどうしたらいいんだ？　とりあえず、五島サヨリの爪にポリッシュ？　とやらを塗ればいいのか？

しかし塗ったらボロボロになると言っていたし、なにが原因なんだ？

「とりあえず、調べてみるか――」

五島サヨリの強引さに、押しきられた感はある。

しかしそれでも、頼られて嬉しいと思ったのも事実だ。

プラモデル制作に必要なのは、大きく分ければ知識と経験、そして忍耐と手先の器用さ。それはネイルだって変わらないはずだ。

経験がない以上、知識でカバーするしかない。

その後の昼休み中、俺はずっと、スマホでネイルのことについて片っ端から調べていったのだった。


五島サヨリから、ネイルを依頼されてから数日後。

今日は日曜日で、学校はない。俺の向かった先は。

「ただいま」

俺はここに来ると、ついそう言ってしまう。

ただいまと言っても、ここは両親と暮らしている自宅ではない。父から借りているガレージである。

父は車の工務店に勤務しており、専門は車の塗装である。このガレージは仕事と趣味を両立するため、父が所有している建物だ。たまに、塗装を依頼された車が停(と)めてあったりする。

俺が父から借りているのは、ガレージの脇(わき)の事務室。

父はこの事務室をほとんど使わないので、プラモを作る俺に貸してくれた。今ではすっかり俺の作業部屋となっている。

「ふう」

プラモを作る作業デスクに座って、俺は一息つく。

机の上には、ニッパー、デザインナイフ、各種ドリルやヤスリなどプラモ制作に必要な工具一式。それにデスクを保護する作業用マットや、手元を明るくするライトなど。

脇には塗装ブースと、エアブラシやコンプレッサー。各種塗料と溶剤。さらに塗料を混ぜるための計量カップや攪拌棒。筆やらマーカーなどなど。

事務室の奥には展示ケースを置いて、今まで作った力作プラモを、渾身のポージングで並べてある。

(……うん、今日もカッコいい)

そこらの模型屋の作例展示よりすごい、と自負している。

自分一人しかいないのに、充実感と達成感に浸れるのはプラモ制作の良いところだろう。

裏のスペースには、これから作る予定の積みプラモと、制作や改造の過程で余ったジャンクパーツなどを保管している。

ガレージの一部とはいえ、プラモデル制作に必要な道具は全て揃っているし、しっかり換気もできるから塗装も完璧。

父は使っていない場所を貸しているだけと言っているが、モデラーにとっては天国のような場所である。感謝してもしきれない。

常であれば、早速プラモデル制作にいそしむところなのだが——。

「さて、と」

俺は机の上に、購入してきたものを並べてみた。

それは色とりどりの塗料が入った小瓶。マニキュア用の塗料である。

（とりあえず、やりたいことは、これを塗るだけ——なんだけどな）

男がマニキュアと聞いてまずイメージするのは、この小瓶だろう。

フタを回すと裏側についた筆によって、爪にそのまま色を塗ることができる。

正式名称はネイルポリッシュ。

もっとも手軽で、もっともわかりやすいマニキュア。

（調べた限りでは、ほとんどプラモの筆塗りと変わらない——）

俺は、適当な小瓶を開けて、フタについた筆で自分の爪をわずかに塗ってみた。

キレイなピンク色の塗料が、爪に乗る。塗膜はムラがなく、それなりの厚みだ。塗料の食いつきだって悪くない。

（……なんで五島サヨリの爪には塗れないんだ？）

理由がわからない。

しかも、五島サヨリは、ポリッシュを塗るより、爪を削ることに必死になっていた。形を整えるために鉄ヤスリを用いたのだろうか？

（違う……多分、塗装前の下地処理みたいな感じだよな）

プラモデルに、ムラなく均一な塗装をするためには、『塗膜』——塗料による層を形成する必要がある。この層が一定の厚みを持つことで、狙ったカラーを発色させることができる。

それはおそらく、ネイルポリッシュで塗る場合も同じだろう。

時に塗料の食いつきが悪かったりすると、この『塗膜』が上手く作れないことがある。

そういう時は紙ヤスリで削るなどの下地処理をして、塗料が上手く膜となるように工夫したりするわけだが。

（理由はわからないが――五島サヨリの爪は、なぜか塗膜が作れない。だから下地処理をしようとした……のか？）

いずれにせよ、ドラゴンギャルの五島サヨリの爪は、普通の人間のそれとは違うようだ。

俺は、ピンクに輝く人差し指を眺めながら、しばし考える。少しだけネイルのこともわかってきたし、とにもかくにも五島サヨリの爪を見てみないと――。

「ああーっ！　吾妻クン、ポリッシュ塗ってるーっ！」

「は？」

「なになになになに！　吾妻クンもネイルやりたくなった⁉　でもアタシが先だかんね！　まずアタシのネイルしてくれなきゃヤだからね！」

頭に思い浮かべていたのと同じ声が響く。

作業用デスクに一気に近づいてくるのは――五島サヨリ、本人だった。

制服ではない、なんかオシャレな服を着ている。さすがモデル。

「なっ……おまっ……なん、なんで……っ」

「あはは、ウケる。めっちゃ驚いてるんですけど！」

「なんでここにいるんだよッ！」

いつのまにかガレージの事務室の扉が開いている。勝手に入ってきたらしい。

不法侵入の概念から教えてやろうか。

「いやぁ〜、ほら、ネイルお願いしてから数日経ったじゃん？　今日、日曜じゃん？　割と時間あるじゃん？」

「……それで？」

「きっと、プラモ作るためのガレージにいると思って！　この辺のガレージ検索かけて、それっぽいとこ探してた！　ここ三軒目！」

「なにしてんだお前は……」

とりあえず行動——というより、思い立ったらすでに行動しているタイプだ。

「マジ吾妻クンの顔見てテンション上がったよね〜っ！　あ、いるじゃ〜ん！　って！　なにしろ一日、ガレージ探し回るのも覚悟してたしさぁ！」

「先に聞くとか、色々あるだろ……」

「だって吾妻クンとメッセ交換してないし！」

「あ」

そう言われて気がついた。

そもそもメッセージアプリなんて、両親と連絡するためにしか使っていない。連絡先を交換しているのも、宮部を含めてごく数人である。

「そ、そうか、じゃあ……」

「うんうん、これからネイルのことでお世話になるだろうし、連絡先あったほうが絶対いいって！　よろしくね！」

スマホで手早く、互いの連絡先を交換しあう。

ネイルについてに俺だけで調べても限界があるし、そもそもどんな色を塗りたいか、など基本的なことさえ聞いていない。もっと密にコミュニケーションとる必要があるな。

「あ、づ、ま、ク、ン……よしオッケー！　でさ、ネイルどう？　できそう？」

本題に戻ってきた。

というより、五島サヨリはきっと、爪を塗ってもらいたくてしょうがないのだろう。その熱意がどこからくるのかは正直謎だが――。

「ああ、自分に塗ってみたら、思ったより上手くできたな」

「あはは、吾妻クンの爪、めちゃピンク！　似合ってんよ！」

「……茶化すな」

除光液(じょこうえき)を染(し)みこませたコットンで、ネイルポリッシュをふき取っていく。

まるでなにも塗っていなかったかのように、ポリッシュの塗膜は全てキレイに取り除かれた。

「えー、もったいないー。男の子もネイルやればいいのに……」

「プラモ制作の邪魔になるからな」

「あ、そか。爪とか伸ばせないんだ」

プラモ制作において、指先は命だ。

力加減を間違えると、パーツが台無しになる場合もある。繊細さと忍耐力が要求される場面がとにかく多い。

「で、だ。色々調べたんだが……やっぱり五島の爪に、どうしてポリッシュを塗れないのか、理由がよくわからない」

「ふんふん」

「なので、ちょっと手を見せてくれるか？　あっ、ええと、座るところ……椅子とってくる」

普段は俺しかいないので、予備の椅子なんて出していない。

俺は慌てて、部屋の隅にあるパイプ椅子を、デスクの向こう側に置いた。丁度、机を挟んで俺と五島が向かい合う。

「とりま、ヨロで～す」

「あ、ああ、よろしく……」

「あっ！　あとさ、アタシのことはサヨリでいいよ！　アタシ、堅苦しいのとか苦手だし、吾妻クンもそっちのほうがラクそうだし！」

「い、いや、そういうわけには――」

距離を詰められると反射的に構えてしまうのが陰キャである。

女子を下の名前で呼ぶとか、ハードルの高いことを要求するな。

「えっ、でも……」

五島サヨリはきょとんとした顔で。

「さっきからバシバシ、ツッコんでるし、そっちのほうが良くない？　お前って呼び方より、サヨリのほうが嬉しいな！」

「あ――ええと」

それはツッコみたくなる行動をとるからだろう！

「わかった。じゃあ、サヨリ……よ、よろしく……」

「うん！」

こうして、陰キャにはあまりにもハードルの高い、初めてのネイル作業が始まったのだ。


「――」

俺は、じっとサヨリの差し出された手を見つめていた。

健康的な肌（はだ）である。手の甲には、わずかに角質が変化した、鱗（うろこ）と皮膚（ひふ）の中間のような組織が見てとれた。

指はすらっと長くて、折れそうなほどに細い――だが、一応はドラゴン系亜人なので、きっと俺より力もあるだろう。なんとなくだがそんな気がする。

そして、爪である。

爪は明らかに、普通の人間のそれとは違う。やや厚みがあり、湾曲した金色の爪。近くで見ると鈍く光を反射しているのがわかった。半光沢ってところか。

爪の表面を触ってみる。少しざらついていて、しかも指の腹に刺すような痛みを感じる。見ただけではわからないが、微細なトゲがあるように思った。

このトゲが、塗料をはじいてしまうのだろうか？

「あ、あのさー……」

右手を差し出したまま、サヨリがなにか言う。

「そうやって無言でじっと手を見られたり、触られると、なんかハズいっていうか……」

「なに言ってるんだ。見ないとわからないだろ」

「そ、そうだけど……吾妻クン、いつもそんな真剣な顔で作業してるの？」

「当たり前だろ」

爪を前後左右、さまざまな角度からチェックする。

「ふ、ふーん、そうなんだ……お、女の子の手握っても、平気なんだね」

「え」

言われて気づく。

そういえばずっと、サヨリの手を両手で握って、至近距離からじっと見ているのだ。なんだこれは。ネイルという建前がなかったらヤバいヤツだろ！

（いやいや、必要な作業だろうが！）

ほのかに顔の赤いサヨリにつられて、こちらの頬も熱を持ちそうだ。

「……あ、あくまでネイルのためだろ。というか。サヨリが頼んだんじゃないか」

「そ、そうだけどさぁ〜！　手をじっと見られることなんてないからぁ！」

「安心しろ。もう大体見た」

俺は、サヨリから手を放して、ポリッシュの小瓶を手に取る。

「とりあえず、試しに塗ってみてもいいか？」

「あ、うん、多分、上手くいかないと思う、ケド……」

サヨリにしては珍しく、うつむいてネガティブなことを言った。

これまでネイルができなかった経験からそうなってしまうのだろうか。

ともあれ、まずは原因を探らなくては対処できない。俺はポリッシュの蓋についた筆で、サヨリの中指の爪を塗る。

（筆の角度は四十五度……塗料をつけすぎず……真ん中、右、左の順で……）

ネットで見た知識を使いながら、俺は慎重に、サヨリの爪を塗ってみる。

（あ――無理だなこれ）

塗った瞬間に、失敗したことが筆を通してすぐに理解できた。

爪表面の凸凹が、筆の動きを阻害するのを感じていた。表面にざらざらした鱗、あるいは目に見えないほど細かいトゲのようなものがある。

それが塗膜の形成を邪魔して、塗料の層にならないのだ。

「……なるほどな」

「あー、やっぱり、こうなっちゃうよねぇ」

サヨリは苦笑する。

きっと自宅でも、何度もこんなことを繰り返したのだろう、と思われる顔だった。

十分ほどすると、異常はより顕著にあらわれた。塗料が乾燥したことによって、塗膜に次々とヒビ割れが生じてしまい、一部の塗料カスがはがれ落ちてしまったのだ。

塗膜が形成されていれば、上品なピンクのネイルになったであろうサヨリの爪は――しかしボロボロのひどい爪になってしまった。

「今までも、こんな感じになったのか？」

「そうそう、なに塗っても、うまく乗らないんだよね。化粧ノリがすっごく悪い、みたいな感じなの」

「化粧……いやでも、似てるのか？」

「接着剤とかも全然だめでさー」

爪に接着剤？　疑問に思ったが、こちらが聞く暇もなくサヨリは続ける。

「サロンの人も、爪の表面が原因だから、平らにしましょうねって言って」

「まあ、そうなるよな」

サヨリが模型屋で鉄ヤスリを購入したのも、確かそれが理由だったはずだ。

だが、上手くいかなかった。爪が丈夫すぎる、とサヨリは言っていたはずだ。

「わかった、とりあえず削ってみよう」

「う、うん」

「そんな顔をするな、塗装前の表面処理なら慣れてる」

「おお、すっごい、プロっぽい！」

「茶化すな……」

さて、削るとなればヤスリの出番だが——。

ここまでの話を総合する限り、普通の爪ヤスリなどでは意味がない可能性が高い。

「なあ、この爪、成分とかわかるか？」

「せーぶん……？　あー、ドラゴンの角とか爪は、ちょっと鉄分が混じっているって聞いたことあるかも」

「鉄分かよ——」

人間の血液にも鉄分が含まれてはいるが、爪が鉄を含んでいるとなれば、この頑丈さも納得である。なら——やはり、ガレージに山ほどあるプラモ用具の出番だろう。

「わかった。プラモ用のヤスリを使ってみるが、かまわないか？　……一応、ケガとかはしないように気をつけるが」

「あ、もちろんもちろん♪　やっちゃって！」

サヨリの目が期待に輝く。

「……一応言っておくけど、そんな顔しても、面白いことなんてなにもないぞ」

「そうなの!?　プラモデルを作るときの必殺テクとかあるんじゃないの!?」

「必殺って……プラモはな、地味な作業の繰り返しなんだよ。派手なことなんて全然ない。いいから準備するぞ」

とりあえず俺は、ガレージにあるツールを持ち出してみる。

大まかな成形に使う棒状の鉄ヤスリ。塗装前の表面処理に使う紙ヤスリ。仕上げに使うスポンジヤスリ。そして、あまり使う機会のないダイヤモンドコーティングの鉄ヤスリなど。

（削りたい面積が広いから……とりあえずはスポンジヤスリからやってみるか？）

スポンジではさほど効果がないだろうことは予想しているが、物は試しだ。

「よし、痛かったら言えよ」

俺は優しく、サヨリの爪にスポンジヤスリを押し当てて、前後に動かす。

「あははっ、くすぐったーいっ」

「おい動くな」

身をよじるサヨリに忠告しながら、ヤスリを動かしていく。

結果はすぐに現れた。スポンジヤスリのほうが削れてしまい、大量の削りカスがデスクの上に舞っていく。

スポンジヤスリのほうを見ると、キレイにサヨリの爪の形に凹んでいた。

「スポンジはダメか」

ならば鉄ヤスリ。ドラゴンとはいえ、鉄で削るのだからと、より力加減に気を遣いながら、鉄ヤスリを前後させていく。

「……おい、嘘だろ」

結果は、先ほどと同じ。

サヨリの爪の凹凸によって、鉄ヤスリのほうが削られていく。デスクの上にわずかながら鉄粉が舞っていった。どうなってんだよこの爪は。

鉄ヤスリのほうが、爪に当てていた部分だけ、すっかり均されている。

「……あ〜、アタシがやった時と同じだね」

サヨリはあっけらかんと言う。

「なあ、この爪、普段はどうやって手入れしてるんだ？　伸びるんだろ？」

「お父さんの使ってるごっついニッパー？　みたいなの借りてるよ～。ドラゴンはずっとそれを爪切りにしてるんだってさ。でも全然可愛くないんだよね～！」

カワイイ爪切りがほしい～、とサヨリはごねた。

（一応、工具で手入れはできるのか。じゃあ、今ある道具でもきっとなんとか……！）

俺は、ダイヤモンドコーティングのヤスリを手に取った。

いかにドラゴンの爪といえど、さすがにダイヤモンドより硬いということはないだろう。というかこれで削れてくれ。

「お、それは見たことない！」

「これなら多分……」

俺は三度、サヨリの爪にヤスリを押し当て、ゆっくりと削っていく。

――はたして、デスクの上には、金色の削りカスがわずかに舞った。

（削れた！）

ダイヤモンドコーティングのヤスリならば、サヨリの爪も削れる！

「いける……いけるぞ！」

「マ!?　さすが吾妻クン！」

「動くなって、ちょっと待ってろ！」

生じる削りカスはごくわずかではあるが、ともかく初めてサヨリの爪の加工ができたのは前進である。

俺はそのまま、ゆっくりとヤスリを使い、サヨリの爪を削っていって——。

——そうして、一時間が経った。

「やっと……できた、か……」

サヨリの爪の手触りを確認する。指の感触では、サヨリの爪はかなり平滑化(へいかつ)されたようだ。

「う、うん、吾妻クン、お疲れ様……だいじょぶ？」

「こんなに一つのパーツを削り続けたこと、ないからな……」

「パーツじゃないし！　アタシの爪！」

まさか一時間もかかると思わなかった。しかも中指の爪のみである。

「とりあえず、表面処理はこんなもんで……もう一回、塗ってみろ」

ハンディクリーナーで、デスクの上の削りカスを掃除して、サヨリの手もきちんとカスを落としてから——。

もう一度、ピンクのポリッシュを塗ってみた、のだが。

「……ダメか」

「………」

先ほどよりはかなりマシだ。乾燥したポリッシュは、ひび割れも剝離(はくり)も少なくなっている。

不格好ではあるが、『マニキュア』とは言えるだろう。

しかし、塗膜の形成が上手くいっていないのは明らか。そのため発色もやや悪い。

当然、モデルのサヨリにとっては満足いくものであるはずがない。

その証拠に、サヨリは眉を下げて、悲しそうな顔で自分の爪を眺めている。

だが、そんな俺の視線に気づいたのか、サヨリははっと顔を上げた。

「あ、アリガト吾妻クン！　マジすごいよ！　今までは全然塗れなかったのに！　ここまでしてくれただけでも、マジ感謝っていうか……！」

気を遣ってくれてるのがわかった。

だが、サヨリの望むマニキュアはこんなものではないことくらい俺にもわかってる。そもそも中指だけじゃ意味ないしな。

「……爪一つだけで削るのに一時間……これじゃあ、全部の指を削るだけでとんでもない時間がかかっちまう、な……」

「なんとか、できそう？」

「……」

サヨリの爪をどう攻略すればいいのか、イメージがまったくわかない。

ダイヤモンドのヤスリであれば、表面処理をこなせることはわかった。しかし時間がかかりすぎるし、これでもまだ不完全だ。

ヤスリの番手を揃えて、もっと丁寧(ていねい)に仕上げをすれば——しかし時間の問題はさらに深まる。

「無理だ。そもそも、俺の専門はあくまでプラモで、爪のことなんかなにも……」

頭をかきながら、俺は自嘲(じちょう)気味にそう言う。

言ってしまってから、後悔した。引き受けたくせになにを弱音吐いてるんだ。サヨリが聞いたらどう思う？

「あ、すまん。今のは……」

「ううん。吾妻クンの言ってること、正しいと思う」

失敗した、と思った。

結局俺みたいな人間は、こういうところで言わなくていいことを言うのだ。

「たしかに、アタシが無理言ってお願いしたんだもん。ネイルとプラモが似てるって聞いただけで……でも、吾妻クンがんばってくれたから、アタシはそれだけでもすっごく、すっごく嬉しかったよ」

「いや、待て。考えればまだ……」

「ううん、ダイジョーブ。ほら、吾妻クンの時間も、そんなにアタシが奪っちゃったら、申し訳ないし？」

サヨリはあくまで笑っている。気にしてない、という風に。

ひび割れたポリッシュを除光液で手早く落として、サヨリは帰る支度(したく)をした。

「お、おい……」

「どこのサロンでも無理だって言われたからさ。吾妻クンならもしかしてと思ったけど、アタシのワガママだったよね」

　そんな顔するなよ。

　笑っているくせに、今にも泣きそうじゃないか。

　ネイルができない。ただそれだけのこと——でも五島サヨリにとってそれは、たまらなく悔しくて理不尽なことなのだ。

「急に押しかけて、無理ばっか言って、ホントごめんねっ！　ま、きっとなんかいい方法が見つかると思うからさ、アタシ諦めないからね！」

　俺がなにか言う前に。

　いや、言わせまいとしているのかもしれない。ポジティブでいたいギャルは、これ以上、『無理』とか『できない』とか聞きたくないのかも。

　きっといい方法が見つかるとか、自分に言い聞かせてるようだ。

「じゃ、吾妻クン！　また学校で！」

　そうして、いきなりガレージにやってきた五島サヨリは。

　来た時と同じような行動力で、あっさりとガレージを去ってしまったのだった。

サヨリが帰ってから、俺は一人、道具の整理を行っていた。

なんであんなことを言ったのだろう、と後悔しながら。

（方法なんて、簡単に見つからないだろ……）

塗膜を形成できないあの爪の対処は、そう簡単にはできない。

だからこそ五島サヨリは、多くのネイルサロンで断られた。その経験を経てもなお、諦められず接点の薄い俺を頼ってきたのだ。俺がプラモ作りが得意だという、ただそれだけのことに希望を賭けて。

それだけに。

俺が無理だと弱音を吐いたときに、泣きそうになりながら、笑顔でごまかしたのだ。

（バカかよ、俺は……）

無理ってなんだよ。

俺はガレージに飾ってある、今までのプラモの作例を見た。

そこに並んでいるのは、あるものはアニメの劇中再現のジオラマだったり、あるものはアニメには出てこないイフの機体だったり、あるものはキットをミキシングした、原作のないオリジナルのロボットだったり。

コイツらを作ろうと思い描いた時は、同時に『作るの無理かも』と思ったのだ。なにしろどれもこれも、改造や塗装の難易度が高い。

それでも、技術と知識を重ねて、コツコツと作業して、仕上げのクリアを噴いたら、作るのなんて無理だと感じていたプラモデルが、いつの間にか完成している。

もちろんまだまだ、不十分だと感じるところはあるし、もっと完成度を高められるとも思っている。

けれど、そんな風にしていつの間にか、無理は乗り越えているのだ。

プラモ作り――ひいては創作なんて、そういうものじゃないのか？

（一度、引き受けたんだろ、俺は……）

実を言うと、立体物を作るのに、プラモである必要はなかった。

アニメやゲームが好きで、ロボットも好きだったから、自然とプラモデル制作が趣味になっていったが――。

実のところ、なにかを作り上げる達成感が得られるなら、ロボのプラモでなくてもいい。戦車でも城でもいい。

ちょっとだけ、趣味嗜好が違っていたら、もしかしたら粘土で彫刻を作っていたかもしれないし、絵を描いていたかもしれない。あるいは裁縫とか。とにかく。

頭の中にしかないイメージを、現実のものとして作りだすのが好きなのだ。

じゃあ。

（ネイルも、同じだろ……）

五島サヨリには、きっと理想のネイルがあるのだろう。

そこにどこまで近づけるかわからないが、実現するためには、知識と技術の積み上げが必要なのだ。

ネイルのことはわからないが、プラモならば知識と技術がある。それらを使えば、必ず無理を乗り越えられる。

(考えろ、調べろ)

俺はスマホを手に取って、ネイルのことを検索し始めた。

爪を削るのが無理なら、別の方法を使うしかない。

絶対に俺の知識が応用できる。

だって、ネイルとプラモデルは似ているから。今日、サヨリの爪を削って塗っただけでも、プラモの技術が生かせる部分はたくさんあった。

(あるはずだ、絶対、なにか……)

道具はガレージに揃ってる。

素材なら、ジャンクパーツにプラ板、果ては一部金属パーツまで。

塗料が必要なら、どんな色だって表現してやる。エアブラシは十年使ってきた。

そうして俺は、ガレージで一人、色とりどりのネイルが浮かぶ検索結果を、次々とスライドしていく。

（俺がなんとかする。アイツのネイルを……俺が、作る）

思い浮かべるだけだったものを、俺の手で作りたい。

今までは自分のプラモ制作に使っていたその欲求を、今だけは。

五島サヨリのために使ってやりたい。

なにに対してもポジティブで、明るくて、弱点なんてなさそうな完全無欠のギャルが——あんなに泣きそうな顔をしているのが、どうしても許せなかったから。

検索ワードを次々に変えて、スマホはネイルについての詳細を映しだす。やがて俺の目は、一つの文言に留まった。

それは今まで聞いたことのない言葉で、それでもなぜかその言葉が浮き上がって見え、すっと頭に入ってきた。

「……ネイルチップ？」


その日から。

俺は学校が終わるとともに、すぐにガレージに直行するようになった。

今までも、プラモ制作が佳境に入ると、ガレージにこもりきりになることはあったので、家族も特になにも言わない。

ガレージを貸してくれる父は、『遅くなりすぎるな』『ご飯はちゃんと食べなさい』と言うだけである。

父も仕事が忙しくなると、ガレージにこもって車の塗装を行う。作業に没頭する気持ちはよくわかるのだろう。

サヨリのネイルを、俺が作る。

そう決断してから、俺はわき目もふらず制作に没頭していた。幸い、道具は全てガレージに揃っており、完成までの工程も正確にイメージできていた。

素材の切り出し。成形。研磨。表面処理。塗装。

デザインはいつか、ロボの塗装に使おうと思っていたものを流用する。

（アイツの、ネイルを……）

俺は数日間、ずっとネイルの制作だけを考えて行動していた。

教室でサヨリと目が合うこともあったが——会話はなかった。ネイルは無理だなんて言ってしまったから、なにを話せばいいかわからなかったし。

とにかく完成品さえ渡せばいいと、そう思っていた。

サヨリだって、ネイルはできる。思い描いたネイルをしていい。絶対に無理なんかじゃないと——わかってもらえたら、俺はそれで良かった。

そんなこんなで、ここ数日、放課後はずっとガレージにこもりきりだった。

工程と、完成のイメージさえ描くことができれば、あとは作るだけ——俺だって、伊達に子どものころからモデラーをやってるわけじゃない。

スムーズに完成にまでこぎつけた。

「ふうぅ……」

仕上げのクリアー塗装を終えてから一時間ほど。俺は塗装ブースに並んだ完成品を見る。

（まあ、ネイルというか、プラモだなこれは……）

あとは百均ショップで買ったプラケースにでも入れて、明日、サヨリに渡せばいいだろう。

どんな顔をするだろうか——できれば、喜んでもらいたい。そんな風に思うのだった。

「ああ～～～～ッ！　やっぱりここにいたッ！」

「——は？」

ガレージの入り口が、勢いよく開け放たれる。

「ねえぇ！　なんでメッセの返信くれないの！　全然、既読もつかないしっ！　……あれ？

なんかマスクしてる！」

「待て待て、ちょっと待て……」

言いたいことはたくさんあるが、とりあえず。

「ちょっと今塗装してたところだから……外で待っててくれないか」

「あっ!?　プラモ作ってたの!?　嘘ゴメン！」

塗装の際は、換気を確保して、マスクをしましょう。

一応、プラモデル用の塗装ブースによって十分な換気量を確保しているが、それでもマスクをしてないヤツがいきなり入ってくるのはマズい。

「少し片付けるから！　すぐに終わる！」

「おけまる！　それ終わったら言いたいことたくさんあるからね！」

言いたいことってなんだ。

もしかして、一度引き受けたにもかかわらず、途中で投げ出すような形になったから、怒っているのか。

俺は塗装したばかりの『完成品』を手に取る。

できればもう少し乾燥させたかったが、仕方ない。まさかサヨリが来襲してくるとは思いもしなかった。

なんと言って、これを渡そうか。

俺は道具の片付けをしながら、そんなことばかり考えていた。


「……お待たせ」

「待ったし！」

十分ほど経って、ガレージにサヨリを呼べる状態になった。

以前と同じく、作業デスクをはさんで対面する。

何故かわからんが、サヨリは両腕を組んで胸を張っている。

『怒ってます』と言わんばかりのポーズだ。

制服の胸元を開けているので、デカい胸が強調される。目の毒なのでやめてほしい。

尻尾の先端が、さっきからぺしぺしと床を叩いている。これも不機嫌の表れなのだろうか。

「で――ええと、なんで急に来た？」

「なんでじゃないし！　メッセ見てないの⁉　あれからアタシなりに色々調べて、吾妻クンに送ってるのに、全然返信くれないじゃん！」

「は？」

俺は慌ててスマホを取り出す。

サヨリからのメッセージが30件ほど溜まっていた。

『ネイルのこと調べたらこんなんあった！』『この色かわち！』『ねー返事ちょーだい』『見てないの？』『……怒ってる？』『このネイルしたい！』『ねえ未読スルー傷つくんですけど！』『もう今からガレージ行くから！』『マジで押しかけるかんね！』

怒濤のメッセージの連投だった。

俺はほぼアプリを使わないので、そもそも確認すらしていなかった。

「……すまん、作業に集中したいから、通知切ってた」

「はぁ～⁉　全然返事ないから、めっちゃヘラったんですけど⁉　ただ見てなかっただけ⁉」

「普段、メッセージアプリなんて使わないんだよ……」

「アタシの前で設定変えて！　いーま！　すぐにー！　緊急のときとか困るじゃん！」

急を要する連絡が俺たちの間に生じるだろうか。

疑問には思ったが、とりあえずサヨリをなだめるために、通知をオンにしてみせる。

「心配になるからさぁ、一言でいいから、返事ちょーだいね」

「あ、ああ、気をつけるよ……」

わざとじゃないとはいえ、無視に良くなかったかもな。

「でも……サヨリはもう、俺に頼まないと思ってたから」

「え!?　なんで!?」

「時間を奪うのは申し訳ない、とか言ってただろ……」

「そりゃそーでしょ！　爪みがくのに一時間かかってたら！　だから方法を探そうねって言って、いったん別れたんじゃん!?」

「は？　……あれって、一緒に手段を探すってことなのか？」

「そう言ってるっしょ！」

サヨリが目を丸くしている。

「あれ……なんかアタシ、まちがえた？　ヘンなこと言ってる？」

「いや、その——俺が気にしすぎ、だったのかも。俺が無理だって言ったから、もうネイルは頼まないかと」

「いやいやいや！　吾妻クンが頼りだから！」

サヨリは大きく息を吐いてから、パイプ椅子にもたれかかった。

「アタシも……ここ数日、吾妻クンに避けられてる気がして、学校でも話しかけてくんないし、こっちから話そうと思ったらすぐ帰っちゃうし……なんで!?　って思ってたから。でも、避けてたわけじゃなかったんだね」

「ああ、すまん。作業中だっただけで……」

あと、学校で話すのはまだハードルが高い。

「うー、カンジ悪いとか思ってごめん……！　てか、吾妻クンだってプラモ作る時間は必要だもんね」

「いや、作ってたのはプラモじゃない」

「へ？」

俺は、先ほど出来上がったばかりの完成品を取り出す。

作業デスクの上に並ぶのは、十枚で一セットの薄いプラスチックのチップ。つまり。

「これ……ネイルチップ？」

「そうだ」

俺は頷（うなず）く。

どうやら、ネイルというのは塗料を爪に塗るだけではないらしい。爪型のチップに様々な装飾をほどこして、接着剤で爪に貼りつける場合もある。それがネイルチップだ。

調べたら、ネイルチップの素材はプラスチックらしいので、俺でも加工して作ることができる、と判断した。

「すご、ちゃんとアタシの爪の形になってる!?」

「プラ板を張り合わせて、ヤスリで成形して、塗装しただけだ。このくらいの加工なら三日あればできる」

「ヤッバ、吾妻クン天才じゃん!?」

「言いすぎだろ」

サヨリの爪の形状、長さは、こないだ散々観察したので、大体覚えていた。その形状に合わせてプラスチックを加工するくらいはできる。

——でも、爪の形を覚えている、とか言ったらちょっとキモいよな。それは黙っておこう。

「あぅ、でもアタシの爪、接着剤も乗らなくて……」

やはりそうか。

ネイルにこだわるサヨリが、ネイルチップという手軽な選択肢を考えなかったはずがないのだ。

先日、接着剤について触れていたのは、ネイルチップも試してみてダメだった、ということだろう。

「大丈夫だ。つけてみろ」

「えっ、つけてみろって……接着剤とかテープは？」

「必要ない。爪に当てるだけで良い」

　俺は。

　サヨリの目をまっすぐ見て、頷いた。今度の俺の作例――五島サヨリのネイルチップには、自信がある。

　棚に並んでいる、自信作のプラモたちと同じように。

「わ、わかった」

　サヨリは、まだちょっと失敗が怖いのか、やや緊張した面持ちで。

　おずおずと、ネイルチップを中指の爪にあてがう。

　ぱちんと、プラモのパーツが嚙み合うような小気味良い音がして、ネイルチップはサヨリの爪にかっちりとハマった。

「は!?　へっ!?　な、なにこれ、チップがくっついたんだけど!?」

「磁石を仕込んだ」

「磁石!?　チップの中に!?」

　サヨリが慌てながら、俺とチップを交互に見るのが面白い。

「プラモの制作でたまに使うんだ。小指の先に乗るくらいの、小さい磁石。サヨリの爪には鉄分が含まれてるから……磁石でしっかりくっつくと思って」

「たしかに！　すっごいピッタリ！」

小型の磁石による加工は、たとえばロボットの外装とか、武器とか、頻繁に取り外ししたい場所に用いる。

過去に何度か使ったことがあるので、余った小型の磁石に倉庫に眠っていた。

プラ板を張り合わせるときに、中に磁石を仕込んでおけば、サヨリの爪専用の磁石ネイルチップの完成である。

「結構強い磁石を使ってるから、普段はケースに入れて、必要な時だけつけるのがいいと思う」

「これを……アタシのために、作ってくれてたの？」

「ああ、まあ」

「無理だって言ってたのに……」

「無理だと思ったから――自分の持ってる技術で何とかできる方法を探した。ちゃんとしたネイルチップじゃないけど、それでも」

俺は言葉を選ぶ。

頼られたから。引き受けたから。喜ぶところが見たかったから。

どれも正しいが、でも少しずつ違う気がする。

「それでも、無理だって、諦めたくなかったからな」

「わかる！　アタシも諦めたくなかったし！」

「そうだな――」

　通知がたくさん来ていたのも、サヨリが諦めなかった証拠だ。

「ねっ、ねっ！　チップ全部つけていい!?」

「当たり前だろ。そのために作ったんだぞ」

　むしろつけてもらわなくては困る。

　サヨリは、チップを一枚ずつ、ぱちん、ぱちんと指にはめていった。真剣な顔だが、尻尾が犬のように左右に振れているので、嬉しくてたまらないのだろうと察せられた。

「この色……ラメ?」

「いや、メタリックカラー。プラ用の塗料しか使えなかったから……」

「こんなキレイにグラデーションになるんだね」

「そこはエアブラシで……」

　デザインはとりあえず、ネットで見つけたいくつかのネイルを参考に、ガレージにある塗料でやってみた。

　先端は淡いピンクで、爪の根元にいくにつれて、濃いめのメタリックレッドに変わっていく。小さいパーツだが、エアブラシならばそんなグラデーションもできる。

仕上げに面相筆で、金色の塗料を乗せてアクセントとしてみた。

まあ――初めてのネイルとしては、それなりに形になったんじゃないだろうか。

「………………キレイ」

サヨリは、自分の指すべてにネイルチップをはめて、ぽつりとそう呟いた。

五指をめいっぱい開いて、天井のライトに当てて、ネイルの輝きを確かめている。

「～～～～～～～ッ！」

やがて感極まったのか、椅子から立ち上がってぴょんぴょんと飛び跳ねた。

「すごい、すごいよ吾妻クンっ！　アタシ、アタシ！　ネイル、できたぁ～～～ッ！」

「良かったな」

もう尻尾の動きを見なくともわかる。彼女の喜び方に、俺もほっとした。

（よかった……）

ネイルチップの出来には自信があった。成形から仕上げまでの工程を考えても、ちょっと変わったプラモを作ったくらいの気持ちだ。

だが、それでサヨリが喜ぶかどうかは未知数だった。

彼女が文字通り飛び上がるほどに喜んでくれて、本当に良かった。

（人のためになにかを作るのって、こういうことなのか）

自分一人でプラモを作っているだけでは知ることのなかった感情に、俺はほっと息を吐いて

いると――。

「吾妻クン！　ホントにありがとう！　こんなにすぐできるなんて思ってなかった！」

飛び跳ねている勢いのままに。

サヨリが抱きついてきやがった。

「なっ……お、お前、離れろっ！」

身体にやわらかいものが当たる。

なんの匂いかはわからないが、とにかく良い匂いがする。慌てて引きはがす。

「あはは！　ゴメンっ！　テンション上がっちゃって」

テンション上がっただけで男に抱きつくな。

抱きつかれたときの、サヨリの豊満な感触が忘れられない。モデルだけあって、スタイルが良すぎて困る。

「ま……良かったな」

「うん！」

満面の笑みで笑うギャル。

やっぱりサヨリは、そうやって悩みなんかなさそうに笑ってるのが似合うよ。

(ちょっと変わった制作だったが……ま、これで終わりかな)

俺は体を伸ばす。数日の制作ですっかり体が凝っていた。

本来、俺みたいな陰キャと、サヨリみたいなギャルは生きる世界が違う。たまたまネイルが接点となって、こうして話すことになったが――。

もう今後会うこともないだろう。連絡先も交換したが、ネイルのことが終われば、サヨリだって俺に連絡はしてこないはずだ。

それくらいが丁度いい。

ちょっとだけ、寂しい気持ちもあるけれど――。

「じゃ、次はどんなの作ろっか！」

「は？」

予想外のセリフに、俺は変な声をあげた。

「次……ってなんだ？」

「え？　いや、ネイルチップはめっちゃ嬉しいけど、まだ肝心のポリッシュが塗れてないじゃん？」

「い、いや、ネイルって一回やって終わりじゃないのか!?」

「いやいやいやいや！　そんなわけないっしょ！　吾妻クンおもしろっ！」

ギャルは心底おかしそうに笑いながら。

「だってアタシ、ポリッシュもジェルもやりたいし！　服に合わせてネイルも変えなきゃだし、撮影用のネイルもあるし、推しネイルとかもしたいし！」

「あっ、友達とおそろのネイルにしてもいいかもっ！　とにかくティーピーオーに合わせて色んなネイルしたいじゃん？　あとねあとね！　――とにかくさ、ネイルって無限の可能性なの！」

チップをつけたばかりのネイルをこちらに見せながら。

サヨリはにま～～～～っと笑う。

「吾妻クン、いいこと教えてあげる♪」

「は？」

「女の子はね、自分も相手も、手をよく見るんだから！　だからネイルはいつでも視界に入る、めっちゃ大事なオシャレなんだよ。メイクもファッションも鏡見るしかないけど、ネイルはいつでも手を見て、アタシ、可愛い！　って思えるでしょ？」

そ、そうなのか――？

俺は、棚に並べたプラモを見る。たしかに、自分の作品も、いつでも見えるところに置いていい気分になったりするが。

そういうものなのだろうか。

「それが一種類しかないと、テンション下がるっしょ！　服が一着しかないようなもんだし！」

「わ、わかった……」

「待て待て……」

たしかに、ショーケースにプラモが一つしかないと寂しいかもしれない。

——いやこれ、例えは正しいのか？

「だからまだ色々やってもらうよ！　あ、もちろんアタシもちゃんと調べるから！　吾妻クンにだけ無理させないけど——でも」

サヨリは、まっすぐこちらを見て。

「もう吾妻クンはアタシの専属ネイリストだからね。絶対、ぜ〜ったい、逃がさないんだから！　覚悟してよね！」

——どうやら。

俺は、自分でも知らないうちに、大変なことを引き受けてしまったのかもしれない。サヨリがテンションを上げるためのネイルを、これから一緒に作り上げていかなければ。

「……わかったよ」

接点がなかったはずの俺とギャルだが、専属ネイリストになってしまった以上、この接点は簡単には消えないようだ。

指名をもらってしまった以上、技術を駆使して、相互理解に努めるしかないだろう。

どこまでできるかわからないが、ネイルをした瞬間のサヨリの笑顔を見られるなら、悪くない報酬だろう。

「うん、これからよろしくね、アタシのネイリストさん！」

再び抱きつこうとしてくるサヨリを、俺は慌てて止める。

——前言撤回。やっぱりこの距離感のドラゴンギャルが、陰キャの俺と同じ生き物とは思えない。

第二章　ネイルマシン

The nail technician
of The DragonGAL!!

そんなわけで。

俺、吾妻肇は、クラスメイトのギャルである五島サヨリから、ネイリストのご指名をいただいてしまった。

俺はたった一回、彼女にネイルチップを作っただけ。

まだまだネイルの知識は足りていないし、そもそもサヨリの頑丈なドラゴン爪の問題も解決していない。ポリッシュさえ塗れない状況で、ネイリストなんて名乗れるはずもない。

だが。

それでもサヨリのために、俺もできることをしたい。無理とかできないとか絶対に言わないと、決めたのだ。

これから本格的にサヨリと相談して、彼女のネイルのためにあれこれ試行錯誤することになるだろう。

さて、となれば、やることは一つである。

俺の自宅は、ガレージから自転車で二十分ほどの距離にある。

俺はたいてい、学校が終わればガレージに寄って、それから自宅に帰ることになる。もっと早く帰って来いと母には言われる。

理由は単純。母によれば、夕食は家族全員で食べるもの、という認識だからだ。

あまり会話のない家族であるが、そんなわけで夕食時は全員揃うことが多い。

「父さん」

そんな夕食後。

愛飲しているウイスキーのグラスを傾けている父に、俺は声をかけた。

「どうした、肇」

父は低い声で聞き返す。

俺は父のことは別に嫌いではない。ガレージを貸してくれていることには感謝しているし、車塗装の職人として、痛車からマニアックな車まで自在に仕上げてしまう腕前も尊敬している。

ただ、それと会話が弾むかは別だ。

父もつまるところ、俺と同じ陰キャ——口下手で、寡黙なのである。口下手同士が話しても、誤解やすれ違いが生まれるばかりなのは今までの経験でわかっている。

だから父と話す時は緊張してしまうのだ。

「ガレージのことなんだけど」

「ああ、なにかあったか」

「えーと……これから頻繁に、友達が来ることになって」

サヨリのことをどこまで説明すべきか迷った結果、そんな言い方になった。

「その関係の道具も、あれこれと置きたいんだけど」

「道具？　プラモに必要なんだろう。肇に貸してある部分は自由に使って構わない。ただし、車用の道具や塗料には絶対に触らないよう、友達にも言っておきなさい」

父は、仕事用の道具を触られるのを嫌う。

塗料による中毒などの危険もあるにはあるが――その理由に加えて、職人肌でこだわりが強いから、というのが大きい。

「あー、そうじゃなくて……プラモに使うわけじゃない道具も置きたいんだ」

「？　話が見えない。はっきり言いなさい」

父にずばりそう言われ、俺は内心頭を抱える。

ネイルという言葉を出さずに許可をもらいたかったのだが、やっぱりそれは難しいらしい。

「えっとさ、実は女友達に頼まれて、ネイルをすることになって」

俺は観念して、ごまかさず伝えることにした。

「ネイル……爪になにか塗るアレか」

「そうそう。それで、ガレージをその作業場にしたくて……これから女友達もよく来るだろうし、そのための道具を色々と置きたくて……」

「どうしてそれを肇に？」

「俺もまだよくわかってないけど、ネイルとプラモって、色々と似ている、らしい……」

「…………」

「父さん、構わないかな？」

俺がガレージを借りていられるのも、父が許してくれているからであり、父の仕事道具には絶対に触らないという約束を守っているからである。

これからガレージの用途が変わる部分がある以上、父には話を通しておかなくてはならない。黙っていてあとで知られたら、最悪ガレージを貸してもらえなくなる。

「……ネイルか。俺にはさっぱりわからないが」

ウイスキーを一口あおって、父は唸（うな）りつつ。

「肇に貸してある範囲なら、好きに使って構わない。何度も言うが、友達にも車用の道具には触らないように言っておきなさい」

「あ、ありがとう、父さん」

「あと、女の子が来るなら、帰りは遅くならないように」

俺は頷（うなず）いた。

サヨリに門限とかあるのだろうか、夜遊びしてておかしくない見た目ではあるが。

ともあれ、これでガレージの使用許可はもらえた。

本格的に、サヨリとネイルの相談をしていくことになるだろう。ネイル用の道具や塗料も揃えていかなくてはいけない。

幸い、このあいだショップを見て回った限りでは、ネイル用品というのはそんなに高いものではないようだ。

しばらく通えば、なんなく揃えることができるだろう。

「女の子ってなに？　誰!?　クラスメイト!?」

問題は。

洗い物をしていた母がこの話題に食いついて、あれこれ聞き出そうとすることだ。母は、俺や父と違って、おしゃべりが生きがいのような陽キャである。

母の追及に、黙秘という手段で対抗しながら、俺はネイルのために揃える道具を考えているのだった。

気兼ねなく、ガレージにサヨリを呼べるようになったのは喜ばしい。

とはいえ、サヨリの爪に関してはまだまだ悩みが尽きない。ネイルチップという解決策は見つかったが、サヨリ自身はネイルポリッシュにこだわっている。

「お邪魔しまぁ〜すっ」

放課後、俺がガレージで作業していると、遅れてサヨリがやってくる。

ここ数日は、毎日のようにサヨリはガレージに遊びにきていた。ネイルについて調べたことを共有してくれる。

「吾妻クン！　今日はね、ウチにあった雑誌引っ張りだしてきたんだけど！」

サヨリはトートバッグから、キラキラしたギャル向けの雑誌を取り出してくる。

どれもこれも厚さがある。フルカラー印刷だからだろうか。それを次から次へと取り出しては、机の上に並べていった。

「お、重かったろ」

「めちゃ重！　ヤバすぎ！　痩せたかな!?」

痩せたかどうかはともかく、サヨリの額には汗が浮かんでいた。

「んでね、んでね！　ネイルの気になるページに付箋貼ってきたから、そこから調べていけばいいいと思う！」

重めの雑誌には、確かに付箋がいくつも貼られていた。

なんというか、サヨリは細かいことを気にしない性格に見えて、こういうところはマメなのだ――と最近わかってきた。

「なにか、ヒントがあればいいけどな」

「だね！　あ、見て見て、これ可愛い！」

早速雑誌を開いたサヨリが、凝ったネイルデザインを見せてくる。深い藍色のネイルで、なんか魚型のパーツが接着されていた。水族館がテーマらしい。

――幅広いな、ネイル。

「それは俺の腕前じゃまだムリだ」

「え～？　全然いけると思うけどなあ」

「どうやって作るのか見当もつかん」

それ以外にも、雑誌を眺めていくと、さまざまな種類のネイルが見つかった。

ラインストーンやクリスタルを思わせる、キラキラしたネイル。

ゼブラ柄やジラフ柄、ヒョウ柄などといった動物をテーマにしたもの。

あとはアニメのキャラをイメージした、いわゆる推しネイルというヤツ。

(推しを表現したい、ってのはどこにでもあるのか……)

俺は推しネイルのラインナップを見て、しみじみ感動する。

父も注文が入れば、ガレージでアニメキャラのステッカーを貼りつけた痛車を作っている。

寡黙でアニメもゲームも知らない父が、黙々と痛車を制作しているのがちょっと面白い。

「とにかく、たくさんあるんだな」

「そだよ！　アタシはこういう人間！　こういうのが好き！　アガる！　っていう自己ひょー

げん？　みたいなもんだし」

「それは、よくわかった」

様々なネイル例が、雑誌にはカタログのように載せられていた。

模型誌の作例集のようなものだろう。隅にはネイルサロンの住所などが記載されており、そのサロンに行けば同じネイルをしてもらえることがわかる。

（好き、アガる……ね）

おそらくサヨリが気に入ったのだろうネイルには、全て付箋が貼られている。

たとえば『これ好き！』『かわち！』『まじヤバ！』『まじまじまじヤバ！』などと、付箋の一つ一つに律儀にコメントが書かれていた。

まあ、語彙力はともかくとして、これを眺めていけばサヨリの好きなネイルが――ひいては、サヨリがどういうものが好きな人間なのかがよくわかる。

自己表現とはよく言ったものである。

（とはいえ、今はデザイン以前の問題――）

サヨリの好みはよくわかったが、それはそれとして。

ページをめくっていくと、ネイルの作例が終わって、ネイル用品が紹介されていた。まず目に留まったのは。

「あ、それ、ネイルドライヤー！」

サヨリが嬉々として教えてくれる。

「ネイルドライヤー？」

それは、ややSFチックな造形の機器だ。

白いドーム型のマシンであり、中心には穴が開いていた。ドームの屋根にあたる部分からは紫色の光が発光している。

「ここに手を差しこむと～、自然乾燥よりも速く乾くの！　あとはジェルネイルを固めるライトとかも出せて～……」

「ジェル……？」

ジェルネイルとは、ネイルを調べた際にたまに見かけた名称なのだが、イマイチなんなのかわかっていない。

「あ、えっとね！　ネイルは大きく分けて、ポリッシュとジェルがあってね！　ジェルはゆーぶいで固めちゃうまで自由にデザインできるの！　このカタログに載ってるのも、大体はジェルネイルだよ！」

「ああ、ＵＶ硬化樹脂ってことか」

「？」

サヨリが首を傾げた。

「プラモでも、クリアパーツを作ったりするのに使うんだよ、硬化樹脂。ちょっと手間がかかるから俺はあまり使わないが――」

「そうなの!?」

「ちなみにＵＶライト照射機も、奥にある」

「すごっ……やっぱりモデラーさんって、ネイリストなの？」

「違う」

まあ、硬化樹脂を使うなら、ＵＶライトを使うのも当然である。たまたま被(かぶ)っただけだろう。ジェルネイルにも興味が出てきたが、今の俺にはまだハードルが高そうだと感じた。プラモでもレジンを使った工作はあまり得意ではない。

だが、雑誌の次のページをめくると――今度も見覚えのあるものが。

「ネイルマシン！」

サヨリが全部教えてくれる。ありがたいが、同じ雑誌を見ているせいで顔が近い。

「これはね、固まったジェルを、うぃぃぃんって剝(は)がしてくれるやつ！　一度固まっちゃうと簡単に落ちないから！」

「あ、ああ、硬化樹脂ならそりゃそうだろう――」

ネイルマシン、というものは。

ペン型の機械の先端に、棒状のヤスリがとりつけられており、それが回転してジェルネイルを剝がせる、というものらしい。本体部分がモーターになっているようだ。

　仕組み自体はいたって簡単、なのだが──。

「いいよね～、ネイルマシン！　見た目も可愛いし……なんか、ネイルに特化した道具って感じで！　専門的っていうか、ジェルネイルだけのために誰かが考えた、って感じで～……エモくない!?」

　サヨリは、ネイルマシンの制作者に思いを馳せている。

　彼女の独特の感受性はすばらしいと思う。思うのだが、このネイルマシンというやつは、俺からするとどう見ても──。

「いや、ハンドグラインダーだろ、これは」

「はん……ぐら……？」

「グラインダー。プラモに穴開けたり、削ったりする道具」

　俺はデスクの引き出しから、いつも使っているハンドグラインダーを取り出した。

　おそらくこの雑誌に載っているネイルマシンより、やや大きめではあるが、基本的な構造は変わらない。

　先端のビット──アタッチメント式の先端部分を、用途に応じて付け替えることで、様々な加工が容易に実現できる。

「ネイルマシン出てきたし!?　あ、ちょっとゴツいけど」

「まあ、あくまでプラモ用だからな……」

雑誌に載っているネイルマシンとやらも、どう見てもグラインダーと同じ機構だ。

そもそもUV硬化樹脂を剝がすなら、ネイルマシンもプラスチック用と考えていいだろう。

雑誌に載っているマシンは、回転速度の調整などもできるようだが、それは俺の持っているグラインダーもできる。

「やっぱガレージってネイルサロンだったんじゃ……!?」

「いや、違うからな」

とはいえ、UV硬化樹脂といい、グラインダーといい、調べれば調べるほど、ネイルとプラモで共通の技術が用いられていることがわかる。

「うーん……」

爪に乗った樹脂を剝がすのは、たしかに普通の爪ヤスリでは不可能だろう。専用のマシンが必要だ。

逆に考えれば、頑丈な爪も、ハンドグラインダーでなら削ることができる――か?

「なあ、サヨリ……これで爪を削ってみるか?」

俺はおそるおそる聞いた。

「え？　アリかな？　いけそう？」

「やってみないとわからないが――」

なにしろ本来は爪に使う機械じゃない。

「先端のビットに、ダイヤモンドヤスリのペーパーを巻いて使うこともできるし、理論上はちゃんと削れるはずだ。一時間かかる研磨(けんま)も、グラインダーを使っていいならかなり早くなる」

本来、ドラゴン娘とはいえ、人の爪に使うものではないと思っていたが——。

だが、ネイルマシンがあるなら、このグラインダーでもいいだろう。

「うーん、ま、ものは試しって言うし？　とりまやってみる？」

「いいのか？　怖くないか？」

一応、確認をとる。

機械で爪を削る、ということになれば、身構えてもおかしくない。ましてや俺はプロのネイリストではないのだから。

「ま、そこはネイルチップ作るくらい器用な吾妻クンなら、ぜーんぜん平気っしょ！　やろやろ！」

あっけらかんと言い放ち、サヨリはデスクの上に並んだ雑誌を片付け始めた。

（……信頼してる、ってことか？）

どうも彼女は、俺の腕前を信用してくれているらしい。

困った。

こうまで言われては、決して失敗できないではないか。

モデラーの意地にかけても、成功させなくては。

改めて、デスクを挟んで、サヨリと対面する。

以前、研磨したサヨリの中指に触れてみた。爪にはざらついた感触がある。

（もう凹凸が復活してる……）

あれから十日くらいしか経っていない。

もしこれから継続的にネイルをしていくとすれば、ドラゴンの爪は、定期的に磨かなければならないだろう。

（まあ、その辺もグラインダーで解決するといいんだが）

愛用のハンドグラインダーがその実力を発揮してくれることを、俺は切に願った。

「で、まずはどうすんの？」

「ああ、まずは……ビットに紙ヤスリを巻く」

俺は、ダイヤモンド紙ヤスリを取り出して、付け替え用アタッチメント――ビットの大きさに合わせて切り出した。

「へ？　ヤスリを巻く……なんで？」

「グラインダー用のヤスリビットもあるけど……多分、サヨリの爪には歯が立たないんじゃないかな？　ダイヤモンド加工のヤスリを使いたいから、この方法で」

「おお……」

使っていないビットに両面テープを貼りつけて、紙ヤスリを巻いていく。この方法なら、ヤスリが研磨力を失っても、すぐに新しいものと交換できる。

「一応、ガラス加工用のダイヤモンドビットとかも売ってた気がするけど……手元にはないし、今日はとりあえずこの方法で」

「うん、任せるよ♪」

素直で助かる。

こちらを信頼しているからこその素直さなのだろう——万が一にも怪我(けが)はさせられない。

グラインダーの回転数を設定して、スイッチを入れてみる。グラインダーのビットが音を立てて回りだした。

さて、これで削れるかどうか、だが——。

「ゆっくりやるけど、痛かったらすぐに言えよ」

まさかそんなことにはなるまいと思うが、爪ごと肉まで削れたら一大事である。

「う、うん」

俺の真剣さが伝わったのか、サヨリも息をのむ。

回転するグラインダーの先端を、サヨリの爪へ、触れるか触れないか微妙な位置から慎重に押し当てていった。

「んっ」

サヨリが一瞬、声をあげる。

「あ、痛かったかっ？」

「ううん、大丈夫。ちょっとくすぐったかっただけ」

「そ、そうか――」

なんかこの会話、卑猥に聞こえないか？

――頭に浮かんだノイズは、すぐに振り払った。今はネイルのためにやってんだぞ、集中しろ、俺！

改めて息を吐き、グラインダーの先端を押し当てていった。爪と、紙ヤスリが摩擦で音を立てる。

（……削れてる！）

金色の削りカスが、粉となってわずかに舞った。

「お、良い感じ？」

サヨリも察したらしく、笑みを浮かべてこちらを見る。

「ああ、やっぱりマシンを使ったら効率が全然違うな」

「やったね♪　最初からこのぐらいいんだー？　使えばよかったかも？」

「いや、爪に使う発想なんてなかったからな……」

ネイルマシンという存在を知ったからこそ、俺の持っているハンドグラインダーも使えるのではないか？　と思い至ったのだ。

ネイルに関してはまだまだ知らないことだらけだが、どうもプラモの知識を適用できる範囲がそれなりに広いらしい。

とはいえ、発生する削りカスはごくわずかで、まだまだサヨリの爪が手強いことがわかる。

「慎重に削っていくから、動くなよ」

「はーい♪」

その後――。

俺はサヨリの爪にグラインダーを撫でるように当てては、きちんと削れているかを確認――そんな作業を全ての指で繰り返していった。

グラインダーで削りやすくなった分、ヤスリの消耗も早かった。十分ほど作業しただけで、ダイヤモンドヤスリの表面が摩耗してしまう。

先端に巻く紙ヤスリを適宜交換しつつ、格闘すること一時間ほど――。

「……できた、か？」

俺はようやく、全ての爪を削り終わった。

「おお……ちょっとツルツルになった？　気がする！」

サヨリも自分の爪を触りながら、ふわっとした感想を述べた。

とはいえ、触った手触りがそこまで変わっているのならひとまず成功と言っていいだろう。

機械の力は偉大である。

「これでポリッシュ塗れるかな⁉」

「多分いけるだろ……試してみるか？」

俺は、試しに買っておいたネイルポリッシュの小瓶を一つ、手に取る。

試し塗りなので、先端に少しだけ――予想通り、塗料は以前のようにひび割れることもなく、サヨリの爪の上で鮮やかに発色した。

「これって……成功？　成功だよね⁉」

「ああ、良い感じに塗膜になってる……」

「やったぁ～！　ポリッシュ塗れるぅ～！　アタシもネイルできる～ッ！」

「おいまだ動くな」

手を差し出したポーズのまま、サヨリが全身を震わせた。

放っておけばまた飛び跳ねて喜びそうなサヨリに、釘を刺す。

「いやこんなん無理でしょ！　今までポリッシュかわいい～！　って思って眺めてるだけだったんだから！　これからは塗り放題だもんねっ！　サイコーっ！」

「――良かったな」

人間であれば、マニキュアの小瓶を買って塗るだけのオシャレだ。

簡単で、価格も決して高くはない。だから学生でも手軽にチャレンジできる。メイクよりもハードルが低いかもしれない。

　だからこそ、ネイルができなかったサヨリの苦しみはどれほどだっただろう。

「ま、もう自分で塗れるだろ。好きな色塗れよ」

「それはヤダ！　吾妻クンにやってもらいたい！」

「なんでだよ……」

　もはや塗料を乗せるだけなのだから、サヨリ一人でもできるはずだ。

　だが、サヨリはにっと歯を見せて。

「アタシ、不器用だし！」

「自信満々に言うな」

「吾妻クンのほうが絶対、ぜぇ～ったいキレイに塗るじゃん！　アタシの専属ネイリストなんだし、塗ってよぉ～！」

「はいはい……」

　どうも、専属という言葉を出されると、俺は弱い。

　手先の器用さや、モデラーの技術を褒められた気分になるからだろうか。いや、やってることはネイルなんだが、それでも。

「じゃ、どういう色が良いか、考えとけよ。今日はもう塗る時間ないし、明日な」

　もう十八時近く。父にも釘を刺されていたし、遅くまでいるのは良くない。

「はーい！　ウチにもポリッシュたくさんあるから、また持ってくるね！」

「……塗れないのに買ったのか？」

「だって！　色いっぱいでカワイイんだもん！」

サヨリは力強く主張する。

爪に塗れないポリッシュを、たくさん集めていたサヨリ。

自分には使えない、色とりどりの塗料の小瓶を、はたしてどんな気持ちで眺めていたのだろう。

「ま、これからはなんでも塗ってやるから。好きな色持ってこい」

「うん！　任せて！　吾妻クン、また明日！」

こうして、サヨリは元気よくガレージから出ていった。

ばたばたという足音がガレージに響き渡る。アイツ、駅まで走って帰るつもりなのだろうか。

（……また明日、か）

このガレージでは、ずっと一人だった。

俺一人の作業場なのだから当然だが――明日を約束する相手ができるなんて、想像もしていなかった。

（また、明日、頑張るとするか）

俺は後片付けを始めた。削りカスを集めて、使った道具も元あった場所に片付けておく。いつもやっていることだが。いつもより丁寧に。

またサヨリの爪を削ることもあるだろう。紙ヤスリを巻いたビットも複数、あらかじめ作っておくことにした。サヨリの目の前でいちいち巻いていると、時間がかかって仕方ない。

（補充にいかないとな）

サヨリの爪の強度を考えれば、ストックはあるに越したことはない。

掃除と、翌日の準備をしていると、本当に客を迎える場所になったのだと実感する。

プラモデルは作業前の下準備が大事だ。ネイルもきっと同じだろう。

全てはまた明日、このガレージで、サヨリを気持ちよく出迎えるためなのだった。


家に帰ってから、俺は悩んでいた。

（買ってしまった……）

俺の自室は、学習机といくつかのプラモ作例、そしてベッド、ゲーム機とテレビがあるくらいで、物は少ない。

趣味の物はほとんど、ガレージに置いているから、シンプルなものである。

学習机の上に、このシンプルな部屋には不釣り合いなものが鎮座していた。

女性向けのファッション誌である。

（……コンビニの店員さん、どう思ったかな）

ヘンに思われてやしないかと後悔してしまうのが、陰キャである。

このファッション誌には、おそらく五島サヨリがモデルになった写真が載っている。購入するときはネイルの参考にできないかと、深く考えずに買ったのだが。

——自室でこれを読んでいる俺、キモくないか。

(なんか、サヨリのことを見たくて雑誌を買った、みたいになってないか……?)

頭に浮かんだ発想はすぐに振り払う。

これはあくまでも。あくまでも!

サヨリのネイルのための参考用である。

「…………」

気恥ずかしくなりながらも、ページをめくっている。

サヨリの出ているページがすぐに見つかった。ドラゴンやその他、亜人女性向けのファッションコーナーがあったからだ。

(……いっぱいいるよな、亜人)

ドラゴンの亜人。ネコの亜人。オオカミの亜人。ウシの亜人。鬼。

たった1ページにそれだけの亜人がいる。

それぞれにモデルがいて、それぞれに似合うファッション写真が掲載されていた。

やはり角とか獣耳とか尻尾があると、似合うファッションも違うのだろう。

多い。


(これとか、一体なんの亜人なんだ?)

他のページには、なんと青い肌で、四本腕を持つ女性の写真もあった。もはやゲームに出てくる神様とか悪魔にも見える。

亜人の種類は百種類以上いる——とは聞いていたが、実際にこうして見ると知らない亜人も多い。


(サヨリは……これか)

五島サヨリは、これからの季節、ドラゴンに似合う夏服ということで、さっぱりしたギャルの服装をしていた。

相変わらずへその出ている服ばかりである。好きなのだろうか。

ネイルは——していない。当然だが。

もしサヨリが自由にネイルできていたなら、この服に合わせたネイルをしたのだろうか。撮影のときはきっと、俺とネイルするなんて夢にも思っていなかっただろう。

(んん?)

ふと気づく。

よくよく見れば、他の亜人もネイルはしていないようだ。まあ、ネコの亜人の爪とか、見るからに人間のそれとは違う。毛皮に覆(おお)われた手から鋭い爪が伸びている。塗装できるか疑問だった。

サヨリと同じように、爪で悩んでいる亜人女子は多いかもしれない。

（ネイルできないのはつらそうだったな……）

俺にはまったくわからないが——サヨリにとってネイルは欠かせないもののようだ。

仮にプラモの塗装を禁止されたら、俺もあんな顔をするかもしれない。

俺は改めて、サヨリの写真をよく見てみる。

写真の中のサヨリは、ガレージで話すときよりも真剣でクールな表情だった。モデルの紹介文にはカリスマドラゴンギャルと書かれている。

カリスマ——あるのか、アイツに。

（こんな表情もするのか……）

ガレージでは、なにも考えていないような顔なのに。

読者モデルだと聞いていたが、こんなプロみたいな表情もできるのだと感心した。やっぱりちょっと、俺とは違う世界の人間のような気がして。

だから、このモデルと明日、ガレージで会えるのは不思議な気分だ。

写真の中のサヨリは、サヨリのようでサヨリでない。モデルのサヨリもまた、ころころ表情を変える彼女の、あくまで一側面なのだと感じた。

雑誌をパラパラとめくってみる。

亜人のモデルはあくまで一部、大部分は普通の人間のファッションモデルばかりだ。服のことはわからないので、流し読みである。

一応、他のモデルの爪も入念にチェックしてみるが――。

あくまでも服が主役の撮影だからか、爪がはっきり写っている写真は少なかった。モデルのネイルも、シンプルなものが多かった。

仮に凝ったデザインであっても、引きのアングルが多いから、ネイルまで鮮明に写すのは難しいのかもしれない。

（今日見たネイルカタログとは、やっぱり違うな）

服が主役か、ネイルが主役か、という違いなのだろうか。

ということは――やはり、サヨリの気分やＴＰＯに応じて、こうしたシンプルなネイルも必要になってくるということだ。

俺はその後も、しばらくファッション誌を眺めては、モデルの爪ばかりをチェックしていた。

頭の中でどうサヨリの爪に応用するべきか、ああでもない、こうでもないと考えている。

（アイツも、今頃なにを塗るか、考えているのかね）

ふと、サヨリのことを考える。

塗りたいポリッシュはきっと山ほどあるだろう。こうした撮影に使うシンプルなものか、それとも独特のものか。

まあ、俺はなるべく期待に沿うよう、努力するだけだ。

いつの間にか、彼女がどんなネイルを提案してくるか、楽しみになっている自分に気づくのだった。


そして——次の日。

俺は『なんでも持ってこい』と言った自分の言葉を、早々に後悔することになった。

「マジで選べなかったからさぁ、全部持ってきちゃった☆　えへ☆」

えへ、ではないが。

サヨリの持ってきたコスメポーチの中には、ネイルポリッシュの小瓶がずらっと収まっていた。

雑誌を持ってきたときも大変そうだったが、こちらもなかなかの重量だろう。

「なあ、これ、いくつくらいあるんだ？」

「えーと、多分五十本くらい？」

多すぎるわ。

「コスメとか見てるとき、ネイルコーナーに、カワイイポリッシュもいっぱいあって、ついつい買っちゃうんだよね！　とりま、塗ってみたらワンチャンうまくいくかも！　って思うからさ！　あはっ☆」

あは、ではないが。

ポリッシュはどれも未使用の新品——というわけではない。わずかに塗料が減っているものがある。サヨリの、過去の試行錯誤の証（あかし）なのだろう。

その一方で、開けていないものも多数ある。カワイイを行動原理として、勢いで買ってしまったものだろうか？

——まあ、モデラーも関係ないヤツから『プラモってなにに使うの？　棚に飾っとくだけ？』とか言われることがある。特に、俺は作ったら棚に飾って満足してしまうタイプのモデラーだから、その通りなのだが。

サヨリにとっては、色とりどりの小瓶を置いておくのは、出来上がったプラモを眺めるような感覚なのかもしれない。

とはいえ、コレクションして眺めるのは今日でおしまいだ。

「で、どれ塗ろっか!?」

ウキウキした顔つきで、サヨリが小瓶を机に並べ始める。

一口にネイルポリッシュといっても、色も質感もさまざまだ。淡いパステルカラー。肌の色に合わせたファンデーションカラー。上品な輝きのパールカラーに、ギラギラのラメ入り。選択肢（し）が多すぎる。

「どれでも塗りたいやつ塗ってやるよ。今日は塗るだけだし」

爪を削ることに比べれば、作業工程は一瞬である。

「ええ〜？　そんなぁ〜！　選べない〜っ！」

ニヤニヤしながら、小瓶を手に取って比較しまくるサヨリ。

どれにしようか選ぶだけで楽しそうだ。俺もプラモの塗料を選ぶとき、いつもたくさんのカラーの前で悩むので、まあ気持ちはわかる。

「そうだ、吾妻クンが選んでよ！」

「は⁉　俺かよ⁉」

「そうそう、吾妻クン、どの色が好み？　ここにないヤツでも探せばあるからさ、吾妻クンの塗りたい色、選んでみてよ！」

サヨリは、ガレージに置きっぱなしにしていたファッション誌まで持ってくる。

ネイルポリッシュのカタログまで見せてきた。

「ほらほら、好きな色言っちゃいな〜？」

コイツ、本当に楽しそうだな。

「そんなこと言われても……違いがあまり……」

「あ、男の人って、女の人と比べて、認識できる色の数が少ない……的な？」

確かに、男のほうが認識できる色の数が少ないとか言われるが。

「いや？　ちゃんと認識してるぞ。プラモに使う塗料もたくさんあるからな。白だけでも色んなカラーが発売されてるし、調色(ちょうしょく)もする」

「おー！　じゃあ、色にもこだわりあるでしょ！」

「プラモとオシャレは違うだろ……」

しかも自分がするオシャレではない。サヨリのためである。

「サヨリにどの色が似合うかなんて、さっぱりわからん」

「……吾妻クン、アタシに似合う色を選ぼうとしてるの？」

「そりゃそうだろ。サヨリのネイルなんだから」

小瓶をあれこれ眺めながら、どうするべきか悩む。

やっぱり派手（はで）なラメ入りとかのほうが——だけどサヨリは普段から服もアクセサリーも派手だから、邪魔しないくらいの落ち着いた色のほうがいいのか？

まったくわからん！

「ふふっ♪」

俺が必死で頭を悩ませているのが面白いのか、サヨリが口元を押さえて笑う。

「……なんだよ？」

「ううん、なんでもない！　じっくり選んでね！　アタシに似合う色！」

「はいはい……これがプラモのカラーだったらラクなんだけどな」

思わず本音を言うと、機嫌がよさそうだったサヨリが一転、ジト目になった。

「アタシはプラモじゃないんですケドー」

「そんなことわかってるよ」

「吾妻クン、そういうの思ってても、他の女の子に言っちゃダメだかんね」

「？　なんの話だ？」

「なんでもありませ～んっ。早く選んでくださ～いっ」

ギャルの機嫌は、一瞬で変わるらしい。

（じっくり選べと言ったり、早く選べと言ったり……）

プラモの扱いには慣れてるし、ネイルの扱いもだいぶわかってきたつもりだ。

だが、女子の扱いだけは、いつまで経ってもわからないまま。

どうして機嫌が変わったのか謎で、びくびくするしかない陰キャなのである。

「……あ」

そうして、ポリッシュの小瓶をあれこれ見ていると。

一つ、珍（めずら）しいカラーを見つけた。

「これ、偏光カラーじゃないか？」

「あ、すごい、知ってるんだ！」

深い紫の偏光カラーネイルがあったので、思わず手に取ってしまった。

「これすごいよね、ＳＮＳで見つけて、めっちゃビビったの！　光の当たり方で、色が変わるなんてマジヤバじゃない!?」

「ああ、まあ、そうだな」

偏光カラー。

見る角度や、光の当たり方で、色味が変わる不思議な塗料である。たとえばこのポリッシュは紫のカラーだが、角度によって、ピンクや赤、青味がかって見えるようだ。

車に塗るような高級塗料ともなれば、その輝き方はさまざまに変わっていき、さながら虹色のような輝きを放つ。

「俺も一つ、偏光カラーでプラモ作ったぞ」

「えっウソウソ、マジ!?　見たい見たい！」

「そこのショーケースの下から二番目」

サヨリはすぐさま立ち上がって、俺のプラモ作例棚を覗いてみる。

父が見せてくれた偏光カラーの車がカッコいいと感じ、俺も丁度いいプラモデルに、同じ色合いで塗ってみたのである。

「おお～すっごい……確かにビカビカ光ってる……オシャレ～！　これ全部、吾妻クンが作ったんだよね」

「もちろん」

「やば、マジ手先が器用すぎ……なんかよくわかんないけど、ヤバい！　パない！」

尻尾が左右に振れている。

サヨリの語彙は『ヤバい』『パない』『すごい』とかが多いが、それはそれとして、どれだけヤバいと思っているか、尻尾の動きでわかるのは便利だなと思う。

「……その機体の出るアニメ、知ってるのか」

「全然知らないけど！　でも吾妻クンがすごいのはわかるよ！」

「そ、そうか」

いかん。その機体は作中の主人公が一回だけ搭乗した機体で、全身に特殊なビーム反射装甲を備えているからそれを偏光カラーで再現したとか、アニメ版ではイマイチな活躍だったけれど劇場版ではそれを取り返すような大立ち回りを――とか、全部解説しそうになる。

オタクの悪い癖である。

「ふぅ～ん、ほぉ、へぇぇ～」

サヨリはショーケース前で不思議なダンスを踊り始める。

いや、踊っているのではなく、さまざまに角度を変えて、プラモデルの偏光カラーをチェックしているのはわかるのだが、はたから見ると珍奇なダンスにしか見えない。

偏光カラーは光の当たり方で色味が変わるので、曲面が多く複雑なデザイン――つまり車やロボプラモなどに活用すると、その魅力を最大限に生かせる。

「吾妻クンがこの色好きなら、これにしよっか♪」

やがて、サヨリがそんなことを言い出し始めた。

「……いいのか、そんな簡単に？」

「だって、吾妻クンの好きな色なんでしょ。じゃ、とりあえず塗ってみようよ♪」

「………」

サヨリがニヤニヤしている。

正直、俺も偏光カラーで塗りたいと思っていたところだ。そんな内心を見透かされたようで、少し気恥ずかしい。

「それにさ、このカラーなら、自分の手を見るたびに色合いが変わって、エモ～ってなるでしょ♪」

確かに。

偏光カラーで塗られた爪は、角度、照明、あるいは太陽光の加減などで、さまざまにその色合いを変えていくことだろう。

「アタシ、この色で塗った爪を見るたびに、きっと嬉しくなるよ！　だから――うん、この色が良いっ！」

そこまで言うなら。

「じゃ、これにするか」

「わ～いっ、吾妻クン、やっと塗ってくれるね！」

「ああ。ここまで長かったな」

爪に塗料を乗せる──たったそれだけのことすら、今までサヨリはままならなかった。どれだけ嬉しいか、俺には想像するしかできないが。

「──しっかりやらせてもらうよ」

「うん♪　ヨロでーすっ♪」

サヨリが対面に座る。

気楽で、なにも考えてなさそうな、いつもの顔。まあ、サヨリはそれでいい。

一方、俺は深く息を吸って、吐く。

（……失敗しませんように）

プラモの筆塗りは一発勝負だ、と俺は思っている。

ある程度の修正は可能だし、その方法も知っているが、できれば少ない工程で、ムラなくキレイに塗りたい、
ネイルポリッシュも調べた限りは同様だ。ただ筆で塗るだけ、ではないのだ。

「よし、やるぞ」

サヨリが右手を差し出す。

俺は彼女の手をとって、指の位置を調整。塗りやすいように手で支える。

ごくりと唾をのんだ。

「あはっ、吾妻クン、緊張してんじゃ～んっ」

「うるさいっ」

言われなくてもわかっている。

ポリッシュのフタを開ける。フタの裏側にある筆には、塗料がたっぷりとついている。

塗料が多すぎるので、瓶の口に筆をひっかけ、量を調節。

「……」

そして、サヨリの爪に筆を乗せる。角度は四十五度。

爪と筆の間にごくわずかな隙間をつくり、そこに塗料が伝っていくように意識する。

そのまま、中心部を一回。右と左をそれぞれ一回ずつ、筆を通らせる。

最後に、爪の先端に余った塗料を付けて――。

「はぁぁぁぁぁ～～……っ」

爪一本を塗るだけで、めちゃくちゃため息が出た。

「すっご～い、吾妻クン、初めてなのにめっちゃウマい！」

サヨリの親指の爪には、ギラギラとしたパープルの偏光カラーが塗られた。どうやら塗料にはラメが含まれており、これによって偏光効果が高まるようだ。

初めてやったにしては、まあ上出来だと自分でも思う。

（いやしかし、マニキュアの筆使いづらいな……）

持ち手がフタと一体化しているので、思ったような操作ができない。

そもそも俺は筆塗りには面相筆（めんそうふで）を使っている。ロボットのツインアイとか、装甲のディテールとかにちょっと塗るだけなのだ。

爪ほど広い面積を塗るならエアブラシを使う。

（面相筆を使うか……？）

別に小瓶付属の筆を使う必然性もないので、今後はそれも考えよう。

とりあえず今日のところは、マニキュア瓶の筆を使うことにする。親指から順番に人差し指、中指、薬指と塗っていく。

何度かやると、少しコツを摑（つか）めた気がする。

そうして、サヨリの全ての指に、塗料を乗せていけば——。

「できたぁ～！」

五指を広げて、サヨリが自分の指を眺める。

偏光カラーのポリッシュが、サヨリの爪全てに塗られた。

「めっちゃいーじゃん！　さすが吾妻クン……ってなんで落ち込んでんの⁉」

一方、俺は顔を押さえて打ちひしがれていた。

「いや……左の中指、ちょっとはみだしたから……あと右小指のムラが気になる」

「こんなん全然わかんないってば！　上手上手！」

「そうか——？」

もっとうまくできた、という気持ちのほうが強い。

やっぱり次からは面相筆を使うべきだろうか。

いや、だが、マニキュアの塗料は乾燥が早い。小瓶から出して丁寧に塗っていると、途中で塗料が乾いてしまう。

小瓶付属の筆に慣れたほうが早いだろうか。

「ふ、ふふっ……」

頭を抱えながら、ああでもないこうでもない、と考えていると。

なぜかサヨリが笑い出す。

「おい、落ち込んでるヤツの前で笑うな」

冗談めかして言ってみると。

「あっ、違う違う！　別にね、失敗を笑ったわけじゃないよ。ちょっとびっくりしたっていうか、発見があったから？」

「発見？」

「吾妻クンも、失敗するんだなって」

「そりゃするだろ……」

なに言ってるんだろうか。

失敗しない奴なんているのか？

「裏の倉庫には、失敗したプラモの残りとか、ジャンクパーツがいくらでも転がってるよ。あとは、表に飾りたくないやつとか」

「そうなの!?　見たい！」

「見せるわけないだろ！　失敗作だぞ!?」

「えー！」

サヨリが不満げに唇を尖らせる。

わざわざ失敗した作例を見たいとか、コイツ、本当は意地が悪いのだろうか。

「吾妻クンのがんばってきた証ってヤツじゃん!?　みーせーて！」

「嫌だ」

サヨリは憮然とした顔をしていたが、すぐに顔を明るくして。

「むぅ……ま、いーや！　今はとりあえず初ネイルおめでとうってことで！　あ、写真撮って友達にも見せてイイ？」

「それは別にいいけど」

サヨリはスマホを取り出して、自分のネイルを撮りだす。

カシャカシャカシャカシャとシャッター音が連続する。一体どれだけ撮る気だ。

「えへへ……」

写真と自分の手を見比べて、サヨリはにやけている。

「あー、ダメ！　ニヤニヤ止まんない！　嬉しすぎる～！」

「そんなにか？」

「もちろん！　それにさ――」

サヨリは、五指を広げて、手の甲を俺に向ける。

「失敗して落ち込むってことは……吾妻クン、まだまだ上手になるつもりなんでしょ？　これから吾妻クンがしてくれるネイルがどんな風になるのか――考えただけで、ワクワクが止まんないっしょ！」

「お前なあ」

なんでもポジティブにとらえるのが、実にサヨリらしい。

ただ、否定もできなかった。俺だって下手なままでは流儀に反する。

もっともっと、上手く塗れるようになりたい。

「……ま、そういうことにしておくよ」

「素直じゃないね♪　でも、吾妻クンがしてくれるネイル、楽しみ！」

「次にやりたいネイルがあったら言えよ。勉強しておくから」

「はーいっ♪　考えとく♪」

初めてのネイルは、これで一段落だろう。

ネイルを変える時期がいつになるかはわからないが、まあ二週間くらいは持つだろうし、その間はプラモ作りに専念できる。

ネイルの知識、プラモにも活かせるだろうか。

まだアイデアは浮かばないが、そんなことを考えるくらいには、ネイル作業も、俺の中で刺激になったのだろう。

「またよろしくね、アタシのネイリストさん！」

「はいはい。またのご来店をお待ちしております」

ふざけてそんなことを言ってみる。

サヨリはご機嫌で、ネイルを施した手を振りながら、ガレージを出ていった。

（さて……）

サヨリはまた来るだろうが、それはしばらく先の話。

サヨリのいないガレージは静かで、少しだけ物寂しいけど――プラモ作業には、それがもっとも都合がいい。

（陰キャには、こっちのほうが落ち着くしな）

自分に言い聞かせるようにしながら、俺はデスクの片付けをする。

サヨリが来るのはいつだろうか――そんなことを考えながら。

「ごめぇ～ん！　吾妻クン！　助けて！」

はたして。

次にサヨリがガレージにやってきたのは、三日後だった。

「手をぶつけたら、ネイルが剝げちゃって～っ！　塗り直して～！」

いくらなんでも早すぎる。

どうやらこの先、物寂しさなんて感じる暇もないと、やっと気づく俺なのだった。

第三章　ペディキュア

五島サヨリのネイルを担当するようになってから、一カ月ほどが過ぎた。

サヨリは頻繁にガレージにやってきては、ネイルを補修したり、新しいポリッシュを試したがったりしている。

当初は慣れない作業に時間をかけてしまったが、俺もだんだんと慣れてきて、今では一時間ほどで、やるべき作業が済むようになった。

ネイル作業の時間が減るのは、サヨリの負担軽減という意味でも良いことだ。ずっと同じ姿勢なのは疲れるしな。

ガレージも、ちょっと模様替えしてみた。

武骨で飾り気のなかった作業デスクは、パステルカラーのクロスを敷いて、少しオシャレな感じのライトなどを置いてみた。

デスクに付着していた塗料や、接着剤の痕などが隠れて、だいぶ印象が違って見える。

（座るところも用意したし……）

The nail technician
of The DragonGAL!!

いつまでもパイプ椅子(いす)では申し訳ないので、家の古くなったソファを借りて、父に頼んでガレージに運び入れてもらった。

これで、サヨリは長時間、作業のために座っていても平気だろう。

ニッパーをはじめとした各種工具は、一旦(いったん)引き出しに収納して、代わりにネイルツールを立てかけておくことにした。

甘皮(あまかわ)を処理するためのキューティクルリムーバーやプッシャー。ポリッシュを塗る前後に使うベースコートやトップコートなどなど。

サヨリの爪にはグラインダーが効率的なので、多分使うことはないが、一応、爪ヤスリも各種揃(そろ)えておいた。バッファーやシャイナーというらしい。

これらの道具を立てて置いておくと、それなりにネイルサロンのような趣(おもむき)になる。

(そういえばアイツ、塗料や雑誌も置いていったな……)

いくつかは持ち帰ったにしろ——。

先日、サヨリが持ってきた雑誌や、大量のポリッシュネイルも、ほとんど置きっぱなしだ。

一応、サヨリのものなのできちんと保管してある。

安いマガジンラックを買って、ソファの横に置いておいた。本当にサロンの待合室のようである。

(……まあ、こんなところだろ)

俺だけの空間、あるいは秘密基地のようだったガレージの事務室が、どんどんサヨリに侵食されているのを感じていた。

それも悪くないと思える自分が意外である。俺は一人が好きだと思っていたが、案外そうでもなかったようだ。

「吾妻クーンっ！　お邪魔しまーすっ！」

そんなことを考えていると、サヨリが丁度秘密基地にやってきた。

俺だけのガレージを侵略した、怪獣――いや、ドラゴンである。

「今日はね、気分変えて、これ塗ってほしいなーって」

サヨリは今しがた買ってきたばかりらしいポリッシュを見せる。彼女の爪を塗りかえるのはこれで三回目。

十日に一回は色の変わる爪に、しかしサヨリ自身はご機嫌である。

「はいはい。今準備するからな」

俺がそう言うと、サヨリはニコニコした笑みを浮かべて、ソファに座るのだった。

「えーと、それで……ジェルネイルのＵＶ硬化マシンはあるんでしょ？」

「ある」

「エアブラシもある、と」

「あるな。小さいのも大型のも」

「じゃあもうネイルサロンじゃん！」

そんな話をしながらネイル作業を始める。

作業中、サヨリの話は止まることがない。今日の話題は、いかにモデラーとネイリストの使うものに共通点があるか、らしい。

俺はサヨリのポリッシュを、リムーバーで剝がしていきながら、簡潔に答える。

「その辺、親父が少し教えてくれた」

「え？　お父さん？」

「ああ、親父が言うには、元々、ネイルポリッシュっていうのは、車のエナメル塗料の技術が応用されて作られたんだとさ。それまでなかった発色の良い速乾性塗料だったんだと」

「マジ!?　ネイルって車だったの!?」

ネイルは車ではないが。

ともあれ、車から派生した技術ということで、父もマメ知識として知っていたようだ。

「プラモデルも、昔はカーモデルとかミリタリーがメインだったから、車の塗装から応用されてる。そういう意味ではプラモもネイルも、原型は車の塗装から……ってことかもな」

「お父さんからここのガレージ借りてるって言ったよね。ここで作業するんだ？」

「ああ。その日は使用禁止だからな」

「うんうん。わかってる♪　ネイルサロンだって休業日あるもんね♪」

「サロンじゃない」

サロンっぽくなっていることは否定できない。

「俺は一回、父さんの仕事を見学したことあるけど、車がムラなくキレイに塗られていくのを見るのは結構好きだ」

「へえ～♪　アタシもお願いしたら見られるかな？」

「見るだけなら問題ないとは思うけど……いや、でも仕事だからどうかな」

「あ、無理だったらゴメンね！」

「いや……まあ、いつか頼んでみるよ」

「うん」

五島サヨリという女は、とにかく好奇心が旺盛だ。興味がないこととか、無関心なものなんてこの世にないのでは、と思わせる。

そして、他人の好きなものを絶対に否定しないのもよくわかった。俺のプラモの趣味や、父の車の仕事も、ネガティブな感想を口にしない。

（そりゃまあ、好かれるか）

彼女がクラスの中心にいるのは、好かれるだけの理由がちゃんとあるからなのだ。

「とにかく、車とプラモとネイルは大体一緒ってコトね！」

「いや雑にくくるな……」

リムーバーで、以前のポリッシュを剝がしたので、あらためて新しいポリッシュを塗っていく作業を始めた。

（とはいえ、本当に、プラモの塗装と似ているんだよな……）

色がなくなったサヨリの爪に対して作業を進めていく。

（まずは表面処理……）

まずは、爪の成形と表面処理。とはいえ、これは前回来た時にもやっているので、今日は必要ないだろう。

パーツを成形し、必要なら表面にヤスリがけするのは、プラモでも行う工程だ。パーツの歪み（ヒケ）も仕上がりに影響するので、ここでチェックする。

（次は洗浄――）

キューティクルリムーバーを爪に塗って、爪の根元についた角質などを柔らかくしていく。

サヨリの爪には金属粒子が含まれているので、人間用のキューティクルリムーバーは効果がないが、周辺の甘皮はきちんと柔らかくなるようだ。

次にプッシャーで甘皮を押し上げて、剝がしていく。爪は異様に固いくせに、甘皮は人間と同じくらいの柔らかさなのが不思議である。

これはプラモで例えるなら、パーツについた埃やプラスチックカスを落としていく洗浄の工程だろうか。

（そして、下地塗り——）

プラモの塗装には、三段階ある。まずは下地にサーフェイサーというものを塗るのだが。

どうやらネイルでも、下地に塗る塗料があるらしい。ベースコートという、その名の通り下地用の塗料だ。

（発色させたい塗料を塗って——）

下地を乾燥させてから、本命の、サヨリが塗りたいポリッシュを塗る。

今回は、薄いパステルピンクのポリッシュだった。もしプラモに塗るのなら、発色を考えて少し厚塗りにしたり、なにかと工夫が必要なカラーだが。

ポリッシュはやはり勝手が違うようで、一塗りでキレイにムラのない発色となった。

（最後にトップコート）

そして、ポリッシュが乾燥したら、その上にも仕上げの塗料を塗る。

トップコートは、プラモでも同じ名前の塗料がある。最後にプラモデルに塗って、塗膜（とまく）の保護をするための塗料だ。要するに塗膜のバリアーである。

使う道具、塗料の内容などは違っても。

プラモの塗装とネイルは、工程の順番がよく似ている。そこまで理解してしまえば、習熟も早い。

さくさくと、乾燥したことを確認してから次の工程へ移る。

「じぃぃ―――」

などとやっていると、サヨリが視線を向けてくる。というか口に出ている。

「なんでそんなに見るんだ」

爪を塗りながら、俺は聞いた。微妙に集中できない。

「ええ～？　だってさぁ、なんかすっごい真剣な顔でアタシの爪塗ってくれるし？　なんか嬉しくなっちゃってぇ」

「……当たり前だろ、作業してるんだから」

「プラモの時もそんなに真剣にやってるんだ？　すごいなぁ」

「あまり見るな。集中できなくなる」

「えー!?　吾妻クン見るくらいしかやることないんだけど!?」

「動くなって」

唇を尖らせるサヨリには悪いが、見られていると集中が途切れる。

まあ、それも俺がまだまだの証拠だろうか――本来なら、そんなことに惑わされず、目の前の工程のみに集中するべきなのだ。

とはいえ。

クラスでも人気者の美人に見つめられて、集中しろというほうが無理である。そんな内心を気取られないよう、俺は爪にのみ目を向ける。

そして、今日も一時間足らずで、ネイルの塗装から乾燥まで一連の作業が終わった。

(かなり早くなってきたな)

何度も塗っていることもあるだろうが、やはり技術の向上を感じる。

「おお～！　今回もイイ感じ！　やっぱお願いしてよかった！」

サヨリは満面の笑みである。

俺も結局、爪を塗るだけでサヨリが喜んでくれるので、嬉しくなってしまう。

最近は、そんな感じで関係が続いているのだが――。

こうなってくると、また別の悩みも生じてしまうわけで。


「あ、おはよーっ！」

教室に入ると、サヨリがなんの気なく挨拶してくる。

手には昨日、塗ったばかりのネイル。その手をひらひらさせて挨拶してくるので、こちらも挨拶せざるを得ない。

「お、おはよう」

「ん！」

そしてそのまま、サヨリは女子同士の会話に戻っていく。

クラスの人気者・五島サヨリが、俺にやたらと親しげに挨拶してくるせいで、周りの視線が痛い。

今までも挨拶くらいは交わしたが――ネイルを始めてから、サヨリとの距離感が明らかに近づいていた。周囲もそれくらいは感じ取っているだろう。

どうしていきなり、距離が近づいたのか。

サヨリと話す女子たちも、関係ない生徒たちも、うっすら疑問に思っているのが伝わる。

(いたたまれない……)

陰キャはとにかくこういう空気が苦手である。

注目されるのも、疑念を覚えられるのも勘弁願いたい。なるべく空気でいたいものなのだ。

サヨリとのやりとりを見ていた隣席の宮部も、気まずそうに。

「なあ、吾妻……」

「最近、五島と仲いいのか?」

「あ、ああ、まあ……」

なんと答えるべきなのか。

そういえば――と、俺は宮部と以前した会話を思い出す。

「そう、ええと、プラモ。プラモの話をしてて――」

正確にはプラモ技術を使ったネイルの話なのだが、まあ、そこまで説明しなくてもいいだろう。

　俺自身、まだまだネイルができる、なんて言える技量を持っていない。

「そうか——本当にプラモに興味持ってたのか。自分で言っといてなんだけど、意外ではあるな」

「だからなんていうか……多分、お前たちの想像してるようなことじゃない」

　要するに、いきなり男女が仲良くなったとか。色恋のあれとか。

　そういうのとは関係ないのだ。

「いや、まあ、付き合い始めたとか言われたらびっくりするけど……」

「だから違うって」

「わかったよ。友達な。友達」

　宮部が苦笑している。

　急に、クラスで距離の近づいた男女がいたなら、そうとられるのも無理はない。

　だからといって言い訳をすると、逆に『本当っぽく』なってしまうのはどうしたらいいのか。

　しかし実際、サヨリとの関係は、色恋どうこうではないのだ。

（ネイルだしな）

　あくまでビジネスライクな関係だ。

　だから意識するな。噂（うわさ）されていることなんて、忘れて——。

「そうだ吾妻クンッ！」

「うお！」

などと思っていたら、またサヨリが距離を詰めてくる。

「相談したいことあるから、お昼休み時間ちょーだい！」

声がデカい。

「あ、ああ、わかった——」

勢いに押されて承諾してしまった。

サヨリは俺の返事を聞くと、すぐまた女子の輪に戻っていく。『なになにー』『サヨリ、どしたの？』『相談って？』などと質問攻めにされているが。

「個人的なヤツだから、ナイショ！」

と、また勘違いされそうな答えを返している。

俺がネイルをできることを、サヨリは誰にも話さなかった。何事もオープンなサヨリにしては珍しいが、そのせいでむしろ誤解が深まっている気がする。

「……本当に友達？」

「〜〜〜〜〜〜ッ！」

宮部が苦笑しながら聞いてくる。ほらあ、もう！

「……友達」

俺も返答に窮しながらも、結局そう答えるしかない。

サヨリとの距離が近くなっていくほどに、クラスでの俺の立ち位置が危うくなっていく。

やっぱりアイツは、同じ人間ではなく、俺の日常を侵略する怪獣なのかもしれなかった。


「なあ、教室で話しかけるのやめないか」

相談があると呼び出された昼休み――。

屋上で弁当を広げながら、俺はサヨリにそう告げた。

「へ？　なんで？」

サヨリはパンをかじりながらきょとんとしている。

こうして一緒に昼飯を食べているのも、また誤解が深まる原因になりそうだ。

「なんでって――変な噂が立つかもしれないだろ。俺と、サヨリで、接点なんかほとんどなかったし」

「噂ー？　アタシは気にしないけど？」

マジで全然気にしてなさそうで、こっちが戸惑う。

「良い噂なら嬉しいし、悪い噂とか、言わせとけばよくない？」

「俺が気にするんだよ」

「だぁーいじょーぶ！　吾妻クン悪く言うヤツがいたら、アタシがびしっと言ってやんよ！」

「だからそういうのが……」

誤解を広めるんだろうが、と言いかけてやめた。

サヨリが気にしてないのだから、何度言っても無駄だろう。

「……俺が、申し訳なくなるだろ。俺のせいで、サヨリの評判が悪くなったら」

結局、そういう言い方しかできなかった。

自意識過剰（かじょう）か？　などと思って、サヨリの顔色をうかがうと——サヨリはいつもの、にんまりとした笑みを浮かべていた。

「へー？　はー？　ふぅ～ん？　つまりぃ……吾妻クン、アタシの心配してくれてんのね？」

「はっ!?　別に、ちが……いや、違わない、けど」

「ふふっ♪　別に心配しなくても、アタシのことは、本当に仲いい友達がわかってくれてればそれでいーし？」

その仲の良い友達って、俺も含まれているのだろうか。

疑問に思ったが、そんなことを聞く勇気は出なかった。

「……ちゃんと説明したらいいだろ。ネイルをお願いしてるだけの関係って」

「ダメだよ！」

「へ？」

パンをごっくんと飲み込みながら、またサヨリが前のめりに距離を詰める。

「吾妻クンがネイルやってるとか知られたら、どうなると思う!?　マジヤバいよ!?」

「な、なにが……」

「そんなのクラス中の女子から、ネイルやってって言われまくるに決まってるじゃん！　無理無理ゼッタイダメっ！」

「そんなわけないだろ」

「ダーメーっ！　忙しくて吾妻クンが死んじゃう！」

なんでだよ。勝手に殺すな。

「そうなったら、アタシのネイルやる時間、なくなるっしょ？」

「……どうかな」

「あーっ！　その態度！　やっぱダメだってぇ～！」

サヨリの中では、もうとっくに俺のするネイルは魅力的であり、女子の中で争奪戦必至――ということになっているようだ。

そんなわけあるか。サヨリがやたら俺の腕を高く買っているだけである。

「とにかく！　クラスのみんなに事情は説明しないから！　それでアレコレ言われるならもうそれでいいっしょ！」

「なに怒ってんだよ……恋人になったとか噂されてもいいのか？」

「だーかーら、言わせとけばいいの！　アタシは気にしないから――って、あ！」

サヨリはなにか、ろくでもないことを思いついた顔でニヤけた。

「それとも、本当に恋人になる?」

「ぶっ!?」

「アハハッ! 超焦(あせ)ってんじゃーん! もちろん冗談だって」

「お、お前なぁ——」

ギャルのノリが、いつまでもわからない。

サヨリは人をからかって、けらけら笑い転げている。

「でも、噂なんてホントどーでもいいし? それよりさ、次のネイルの話するほうが大事なんだよ、アタシにとっては、さ」

「……わかったよ」

あれだけ笑っていたかと思えば一転、真剣な顔でこちらを見つめてくる。

そんな顔をされると、こちらも頷(うなず)くしかない。

「それで? 次はどんなネイルにしたいんだ?」

「あー、それそれ! そもそも、それ相談したかったからさ!」

そういえば、元々はサヨリの用事で呼び出されていたのだった。

クラスでは気兼(きが)ねなく話すくせに、ネイルの話をするためにわざわざ屋上を使うのは——やっぱり、俺が女子の間で引っ張りだこになるという、サヨリの妙な妄想(もうそう)のせいだろうか。

「足にもさ、塗ってほしいの！」

「足……」

　足の爪にもネイルをしてほしいのか。

「足に塗るのは……ええと、ペディキュアっていうんだっけか」

「そうそう！　お願いできる？」

「うーん」

　少し頭の中でイメージしてみる。

　サヨリの爪は特殊ではあるが、おそらく手と足で、爪の強度が極端に違うということはないだろう。

　手に塗るのと基本的には同じようにすればいい。

　問題は姿勢というか――足に塗るのであれば、必然的に、俺はサヨリの足元にひざまずくようにして作業しなくてはならない。

　人に見られたら恥(は)ずかしい絵面(えづら)になりそうだ。ガレージに他の人間は来ないとはいえ、俺はやはり躊躇(ちゅうちょ)してしまう。

「……自分で塗るのは？　下地処理だけはしてやるから」

「ムリ！　吾妻クンがいい」

　即答だった。

「足に塗るのってさ、こう……背中を丸めて、手を伸ばして、この状態でキレイに塗らなきゃじゃん？　結構タイヘンだからねこれ！」

「わかったわかった。塗ってやるよ。それで？　どんなポリッシュが良いんだ？」

塗るのはもう確定事項として、問題は塗料である。

「そうそれ！　そこを相談したくてさ！　実はね、ミオちゃ……お世話になってるファッション誌の編集さんに、急に、水着撮影を頼まれちゃって……」

「水着撮影って……今五月だろ。そういうのってもっと早めにやっとくもんじゃ……」

「そうなの！　フツーは半年前とかに撮るんだけど、なんかトラブル？　で予定してたモデルさんの写真が使えなくなったみたいで！　急に全部撮影しなくちゃいけなくて！」

「た、大変だな」

色々と、俺にはわからない事情があるらしい。

「そんで、水着だと素足だすじゃん？　サンダルとかは履くけど、どっちみち、爪先が見えるじゃん？　ネイル塗ってない素足とかありえんでしょ！　ってことで、ペディキュアお願いしたいわけなんだけど……」

「……？」

「水着の撮影だからさぁ、ペディキュアと水着のデザイン、合わせたいじゃん？」

撮影が大変なのはわかったが、まだまだ話が見えない。

「だからまず、水着から選びに行こうってことで！」

「そうなるのか!?」

「水着とネイルのデザインがちぐはぐとか、絶対にムリだから！」

そういう、ものなのか。

ネイルもファッションの一部なのだとしたら、テーマや意図を統一したい、というのはとてもよくわかる。

プラモも改造するときには、一貫したコンセプトが大事である。

「よくわからんが、そういうの、撮影するほうで用意してくれないのか？」

「普段はそうなんだけど、今回はめっっっっちゃムリに頼まれたかんね！　今年の新作水着なら自前で用意してもいいんだって！」

ファッション誌の撮影事情などは謎だが、どうもかなり切羽詰まった状況のようだ。

しかしサヨリはそんな中で妥協するどころか、自分で水着を選び、最適なネイルも選んで撮影に臨もうとしている。

読者モデル――って、いわゆるアマチュアだよな？　なのにプロ意識がすごい。

「今日の放課後、ヒマ？　空いてるよね!?　早速水着買いに行くから！」

「待て待て待ってくれ……」

思考と行動が直結しすぎている。ついていくのが大変だ。

「サヨリが好きな水着と、好きなネイル、勝手に選べばいいだろ！」

「吾妻クン、アタシのネイリストなんだから、吾妻クンの意見も聞きたいじゃーんっ！」

うう。

一理ある——ような気がしてしまう。だから押しに弱いのだ、俺は。

「いまさ、駅前のモールで水着売ってて～♪」

俺もよく行く模型店がある場所だ。

そもそも、サヨリともそこでばったり出くわしたことを思い出す。

いやしかし、女子と水着売り場に行けばまた妙な噂が——それ以前に、まず経験がないのですごく気後れする。

「……早くないか？　五月だろ？」

「たしかにちょびっと早いけど、やってるならもう行くっきゃないっしょ！」

「——————」

ああ、これ、逃げられないヤツだ。断る文句が浮かばない。

ガレージでは手ばかり見ているし、学校ではそもそもあまり目を合わせないから気にならないが——サヨリは、はっきり言って高校生離れしたスタイルの持ち主だ。

水着——多分、試着するよなあ。

モデルになるような女性の水着姿を目の当たりにするのか。今から？

「吾妻クンが好みならぁ……えっろいヤツ着てあげてもいいけど？」

「好まねーよ！」

「あははっ。冗談冗談～♪　怒んないで～！」

陰キャの精神が持つのか、今から気が気ではないのだった。


（本当に来てしまった……）

駅前のモールには、サヨリの言った通り、季節先取りの水着売り場が作られていた。

「よっしゃー！　選ぶぞー！」

「気合い入ってんな……」

「当然でしょ！　女子は好きな水着でテンションアゲんの！」

「ネイルの時も同じようなセリフ聞いた気が……」

「え、ウソ!?　じゃあ、えっと……とにかく身に着けるものなんでも！　お気に入りにしてテンションアゲるからね！」

「そ、そうか」

ネイルも含めた、トータルコーディネートの情熱がすさまじい。

まあでもファッション誌でモデルをやっているわけだし、ある意味では当然なのか。

サヨリはあっという間に、十着くらいの水着を選び取って、試着室に行く。

「吾妻クンも！　ほら！」

水着と一緒に、俺も試着室の前まで連れていかれた。

「俺はいいだろ……」

「意見ちょーだいっ！」

そう言ってからは、もう五島サヨリの水着ファッションショーである。

「とりま、ビキニがいいかな？」

派手なアニマル柄のビキニを着ると、いかにもギャルという感じ。

「このワンピ悪くないけど、尻尾通すとこないんだよね」

露出多めのワンピース。

穴が開いてないのに、今、どうやって着ているのか。つまり足を出す場所から無理矢理尻尾を出しているのだ。

亜人が水着を選ぶのも、なにかと大変なようだ。

「パンドゥはちょっと大人っぽいかも？　ネイル合わせどうするかなーっ！」

フリルのついたシックめのビキニ？　みたいな水着。もうなんかよくわからない。

続けざまにサヨリが水着を着ていくが、同年代の美人女子が水着を着ているだけで、健全な男子は直視できないものである。

しかも、なぜかサヨリの選ぶ水着は、セパレートやビキニが多い。

腰から尻尾が伸びているからだろう。一体型の水着とは相性が悪いのかもしれない。

(そういや、よくへそ出しの服着てるな)

あれも、腰回りを露出しないと、尻尾の行き場がなくて苦しいからなのか？

理由は定かではないが、とにかくサヨリが選ぶ水着は派手めで露出が多いのばかりだ。

ギャルらしいといえばそれまでなのだが、とにかく俺からすると目のやり場がなくて困る。

「吾妻クンも意見言ってよぉ〜！　っていうかちゃんとこっち見てよ！」

また別の派手なビキニを着て、サヨリが文句を言ってくる。

「見たってわかんないから……」

目を逸らしているのは完全にバレている。

ひとまずサヨリのファッションショーは終わったようだ。『どれもしっくりこなかった』と制服に戻ったサヨリがあっけらかんと告げる。

あれだけ着たのに、気に入ったものがなかったのか。

女子の服、特に水着は、色もデザインも選択肢が多くて大変そうだ。

「なあ、あっちに一応、亜人用の水着もあるみたいだけど――」

売り場の隅にあるコーナーを教えてみる。

尻尾などで悩んでいるなら、それに適したデザインの水着もあると思ったが。

「あー、あれね。デザインあんま可愛くないし、新作も少ないから。今日はこっち」

「そ、そうなのか」

「そもそもブランドの新作じゃないと、撮影NGになっちゃうかもだし？」

そういえば、そもそもファッションモデルとしての撮影だった。

本当に、考えることが多くて大変そうだ。

再び、サヨリと共に売り場を歩きまわり、サヨリは水着を選んでいく。

女性ばかりの水着売り場は、サヨリと一緒とはいえ、男がいるのはやや気まずい――。

「ねえ～、吾妻クンはどういうのがいいの？　どの水着着てほしい？」

「何回聞くんだ……」

「だって、選ぶきっかけになるじゃん？　なんかないの？　こういう水着が好み～とか、こういうネイルが合いそう～！　とか」

「ネイル……ねえ」

俺は売り場に並んでいる水着を見てみる。

頭に浮かべていたのは、今までサヨリにやってきたネイル。最初に作ったチップや、苦心の果てに完成した初めてのネイルポリッシュ。他にも、サヨリが持ち込んできた塗料や、雑誌に載っていた数々の作例。

頭の中で、サヨリをモデルに、いくつも水着とネイルの組み合わせを考えてみる。

水着もネイルも数多くあるのに、それらの組み合わせとなれば何千通りになるのか。

だけどまあ、プラモデルも同じようなことをやっている。

このパーツには、このロボには、どんな色が似合うか。形状と、塗料の色を考えて、一番映える組み合わせをいつも考えている。

脳内でサヨリに様々な水着を着せ替えたり、ネイルを変えたりしていくうちに——自然と、一つの水着をじっと見ていた。

「あ——」

「これがいい？　こういうのが好き？」

「っ！」

まだなにも言っていないのに、サヨリがすぐに食いついてくる。

「い、いや……これに合いそうなポリッシュがあったなと」

「うんうん！　いいんじゃない、派手派手でカワイイし！」

やっぱりサヨリ的には、派手＝かわいいなのだろうか。

サヨリがハンガーごと手に取って、自分の身体に合わせてみる。

「あ、でもサイドが紐だね」

「っ」

ヤバい、色だけで考えていた。爪に負けない色がいいと思っただけだから——。

蛍光のビビッドピンクのビキニは、普段から派手なサヨリには似合うだろうが——トップスもボトムも紐で留める、なかなかきわどいタイプの水着だった。

「ま、いいや、これにしよ～っと♪」

「ちょ、待て……いいのか？　これ！」

「え？　カワイくない？　それに吾妻クンが選んでくれたから、着てあげたいし♪」

俺が選んだことに――なるのか。これは。

「この水着、ブランド新作だから撮影的にもＯＫ！　バッチリ、さすが吾妻クン」

「お、おう……」

サヨリは、満面の笑みで、きわどい水着を買ってしまった。

ギャル的には、許容範囲の露出度なのだろうか。しかし俺が選んだと思われるのが痛い。

女子にエロ野郎と思われるダメージは、男子高校生にとって計り知れないものがある。サヨリ自身はノリノリで買ってるし、気にしていない――のか？

「すんなり決まって良かったぁ～♪」

水着の入った袋を持って、サヨリはニコニコだった。

すんなりの基準が俺とは違うようだ。一時間くらいファッションショーしてたぞ。

「よし、これからガレージ行って、早速ペディキュア塗ろ！」

「え、い、今からか……」

水着選びにも時間をかけていたし、これからガレージに行くと時間的に間に合わないのでは――しかしサヨリは、水着を買ってもうやる気満々のようだ。

　どうするべきか悩んでいると。

「あ、ゴメン電話っ……って、ミオちゃんだ。なんだろ」

　サヨリのスマホが震えていた。

　ゴテゴテしたデコレーションのスマホを手に、サヨリは電話に出る。

　ミオ――って、昼間言ってた、ファッション誌の編集さんだよな。

「はいはーい、サヨリでーす……はい、はい……えっ。あれ⁉　打ち合わせ、今日だった⁉　やっばぁ……」

　よくわからんが、なにか焦っているようだ。

「マジごめんなさーいっ！　今からダッシュで帰るんで！　はい！　帰ったらまた！　はい！　はい～、ゴメンってミオちゃ～んっ！」

　編集さんって――つまり仕事の相手で、大人では？

　そんな大人を相手に、まるで友達相手のように話すサヨリだった。

　はあぁ～～～～と大きく息を吐きながら、サヨリはがっかりした顔。

「ゴメン吾妻クン、編集さんと撮影の打ち合わせあるんだった……今日は帰んなきゃ。ペディキュアはまた今度でもダイジョブそ？」

「ああ。俺も色々と、準備があるから……」

「そか。うん。ちょっと残念だけど――また明日ね！」

「ああ、気をつけて」

サヨリは急いでいるらしく、俺に手を振りながら駅の方向へと走っていった。前見て走れ、転ぶぞ。

一人でよく来ていたはずのモールなのに、サヨリの姿が消えてからだと、なぜだか急に寂しく思えてしまうのだから、不思議なものである。

（……さて、と）

サヨリにも言った通り、準備しないとな。

俺は行きつけの模型店――ではなく、ドラッグストアのほうに歩いていく。広いドラッグストアや雑貨屋には、必ずマニキュア用品のコーナーがある。

このショッピングモールのドラッグストアは、品揃えが良いことも知っていた。

（あの水着に合う塗料を探すとするか）

俺はマニキュアのコーナーで、種々様々のネイルポリッシュを吟味する。

水着売り場では周りから自分がどう見られてるか、あれだけ気になったのに――同じくらい女性の多いマニキュア売り場では、どう思われても構わないと思える。

それはきっと、明確に目的意識があるからだろう。

サヨリの水着に似合うペディキュアをしてみせる、という。

（どれにするかな。目星はあったけど、やっぱ悩むな）

サヨリの水着選びのことを、どうこう言えない。

結局俺も、その後、ドラッグストアや雑貨屋を探し歩いて。

気づけば、一時間、サヨリに塗るポリッシュのことだけを考えているのだった。


さて、翌日である。

「おっじゃましまーすっ」

ガレージで準備していると、元気にサヨリが飛び込んできた。

「ああ。打ち合わせ……？　は大丈夫だったか？」

「うん！　水着の相談だったんだけど、ミオちゃんに着てる写真送ったら、すぐにＯＫくれたよ！　秒で終わった！」

「そ、そうか」

買ったばかりの水着、家で着たんだな。

家で水着姿になっているサヨリを想像してしまいそうになり、思わず首を振る。今日はペディキュアを塗るんだっての。

「それで？　なに塗るか決まったのか？」

「んん～」

サヨリは唸る。

「アタシのほうは、これ！　っていうのがまだなくて。撮影、来週だから、ぱっと決めなくちゃいけないのに……あ！　吾妻クンのオススメは？」

「一応、あの水着と合いそうなものを、いくつか見繕ってみたけど」

コスメショップやドラッグストアで買ったもの。他にもサヨリからもらったポリッシュの中で、丁度いいものを示してみる。

「んん～、これは他の子と被るからダメで、こっちはちょっと好みじゃないカモ……」

「他のモデルさんと被ったらダメなのか？」

「絶対ってわけじゃないけどね。たまたま似たようなネイルになることだってあるし。でも個性出していきたいじゃん？」

サヨリはしばらくポリッシュを吟味していたが、やがて。

「う～～ん、ゴメン！　気に入ったのない、かも……！」

「そうか」

俺は頷く。一応、俺のオススメもあったのだが、やむを得ない。

「――怒らない？　なんかワガママ言ってるみたいじゃない、アタシ？」

「撮影用のネイルなんだから、撮影の事情に合わせるのは当然だろ。むしろ俺にはそっちはわからないから、サヨリがちゃんと考えるべきだ」

「うっ。スミマセン！　早めに考えておきます！」

サヨリがびしっと敬礼の動作。尻尾もぴんと伸びている。

「とりあえず、今日はペディキュアの試し塗りってことで、どうだ？」

「あ、ソレ良いと思う！」

「今のうちにグラインダーで下地処理しておいて、時間があったらとりあえず一種類、塗ってみよう」

「助かる～っ！　ヨロで～すっ！」

おそらく大丈夫だと思うのだが、サヨリの爪は強敵である。

事前にきちんと塗れるか確認しておくに越したことはない。

「じゃあ、とりあえず、こっちのソファに――」

「はーいっ」

いつもの作業デスクにサヨリの足を乗せさせるわけにはいかないので（というかその姿勢では色々と危うい）ソファに座ってもらう。

ちょこんと腰かけたサヨリの前に、裏の倉庫から探し出してきた踏み台を置く。

「ここに足を乗せてくれ」

「おけー」

サヨリは靴とソックスを脱いで、素足を踏み台に乗せた。

さすがモデルというべきか、すらっとしたスマートな脚線美がまぶしい。肌も白くて普段から手入れしていることがわかる。

そして、爪先。

サヨリの足爪は、やはり手と同様に金色に光っており、金属粒子を含んでいると察せられた。

爪の先端もやや鋭い。ってかこれ、靴に穴空いたりしないのか？

「どうよ？　アタシ、足のほうの爪、かなり手入れしてるんだけど―」

脱いだソックスをひらひらと振りながら、サヨリが聞いてくる。

「あ、ああ……なんでこんなに、爪が尖るんだ？」

「なんかドラゴンの生態？　で、勝手にそうなっちゃうみたい～。ヤバいよね。靴下買いかえるの面倒だし、靴も好きなの履けないしさー！」

「ドラゴンのオシャレは大変だな……」

「そーなの！　吾妻クン！　削るなら先端もまるっこく、カワイクしてくれない？」

「はいはい」

俺は準備してあったグラインダーを取り出す。

「それじゃ、始めるぞー」

サヨリの足を手に軽く乗せて、固定。

声かけをしながら、グラインダーを慎重に、爪の先端へと当てていった。

「んっ」

サヨリが吐息混じりの声を漏らす。

「へ、変な声出すな」

「違うって！　くすぐったくってさぁ！」

「我慢しろよ……」

「んんっ、だい、じょぶっ……んふっ、すぐ慣れるから……」

ええい、集中集中！

サヨリの声に乱されないように、俺は意識を爪に集中する。グラインダーを当てていくと、削りカスが踏み台に溜まっていくのが見えた。

「んっ……どかな？　うまく削れそう？」

「ああ、問題ない」

やはり、要領は手とそこまで変わらない。

サヨリはくすぐったそうに時折身じろぎするが、俺はあくまでも爪先に集中した。しかしキレイな足だ。角質の汚れなどもまったくない。

足首にわずかに鱗の模様が見える。鱗と爪以外は人間の足と変わらなさそうだ。

「吾妻クン、んっ、あのさぁ」

「どうした」

ANATEYAMA

「その姿勢、キツくない？」

「………………」

図星を突かれて、俺は黙ってしまう。

ペディキュアの作業に当たり、サヨリの負担を考慮して、俺は踏み台を用意したのだが、踏み台の高さは、作業するには少々低すぎる。

結果として、俺は踏み台を前に片膝立ちとなり、かなり背中を丸めた状態で作業をしなくてはならない。

正直言って、かなり厳しい姿勢ではある。というかすでに俺の貧弱な足は、無理な姿勢に耐え切れずに震えている。

「吾妻クン？　黙っちゃったけど……大丈夫そ？」

「だ、大丈夫だ」

「いやもう声がキツそうだよ!?」

ごまかしきれてなかった。サヨリが心配そうな声をあげる。

もう少し背筋を伸ばせばいいだけなのだが──そうなると、必然的に足の付け根、スカートのほうまで視界に入るのだ。

ただでさえサヨリのスカートが短いのに、足元にひざまずいた状態で顔を上げてしまえばどうなるか。火を見るより明らかである。

「もっと楽な姿勢でいいからね？　ってか、塗りづらいでしょ？　なんなら、いつもの作業台使って……」

「机に脚(あし)を乗せるのは行儀悪いだろ……」

「じゃあさ、吾妻クンも椅子に座ってさ、吾妻クンの膝にアタシが足を乗せるのは!?」

それは俺も考えていた。

サヨリが今以上に足を高くあげることになるが、作業の負担は大幅に減る。おそらく、今のままよりはやりやすい、のだが——。

「お前、それは……見えるだろ、色々と」

言わずにおこうと思ったが。

どうにもサヨリから恥じらいが感じられないので、思うままを言ってしまった。

「へ？　見えるって——」

サヨリは、きょとんとした声を出す。

俺が思わず顔を上げると、そこにはにんまりと笑みを浮かべたサヨリの姿。

「ああ、なぁ～るほどね……ふぅ～ん？　そういうの気にしてたんだ」

「いや、ちが——」

「吾妻クンのえっち♪」

完全にからかわれている。

「き、気にするだろうが、普通！」

「あははは！　焦ってる！　大丈夫だって吾妻クン、対策カンペキだから！」

サヨリは。

踏み台から足を下ろして立ち上がると――。

俺の目の前で、スカートをたくし上げてみせた。

「ほらっ！」

ほらじゃねえ。

スカートの中には、きわどい面積の、ラメピンクの水着があった。

「ねーっ？　絶対ペディキュア塗るとき、見えると思ったからさぁ！　ちゃーんと水着を着てきたし」

「たくし上げるなバカ！」

俺は思わずサヨリのスカートを摑んで下ろす。

立ち位置的に、丁度目の前にサヨリの腰がくる形である。もはや目のやり場とかそういう問題じゃない。

「なんでー!?　下着じゃないよ！　ちゃんと水着だよ！」

「そういう問題じゃない！」

コイツは男心をまったく理解していない。

水着だろうがなんだろうが、目の前にスカートを持ち上げる女がいたら焦るもんなんだよ。

「ていうか、サヨリ、もしかして一日、水着着てたのか!?」

「？　そだよ？　だって学校終わってからそのままガレージ来たし」

「〜〜〜〜っ！」

つまりこの派手な水着を、今日一日着ていたってことか。

別におかしくない！　おかしくないいんだけど！　アンモラルな状況を思い浮かべてしまって、俺は頭を抱えた。

「別にフツーっしょ？　水泳の授業のときと変わらないし」

「だからってお前……」

「あ、わかった！　スカート持ち上げてるのがエロいってことね!?」

「なにがわかったんだ!?」

そうだけど、そうじゃねえ。

俺がサヨリをどう説得しようか考えていると、サヨリはぷちぷちと制服のボタンをはずし始めた。マジでなにやってんだ!?

「待て待て！　なんで脱ぐ!?」

「えっ、いや、制服の下だからなんかアブノーマルな感じなのかなって……ほら、水着になっちゃえばもう平気っしょ!?」

「平気じゃない……！」

「じゃーんっ！」

シャツとインナーを脱いで、サヨリは下に着ていたラメピンクの水着を見せつけてくる。話を聞け。

制服を脱ぐと思った以上に、彼女の胸の大きさがわかってしまう。わずかな三角形の布地に覆（おお）われた胸に目が吸い込まれる。

「ほらほら～、どう～？　水着着てるところ見たら、ペディキュアカラーのイメージわいてくるかもでしょ？」

「んんっ」

距離感バグ女のサヨリに近づかれる。

ドラゴンギャルの進撃に、平凡な男子高校生の俺は為（な）す術（すべ）もない。

「わかった！　わかった……水着でいいから……その、あんまり近づくな！」

「ドキドキしちゃう？」

「うるさいっ！」

「あははっ、怒んないで～っ♪」

なんでコイツは、男と二人きりで、水着になってるのにこんな楽しそうなんだ。

結局サヨリはその後、恥ずかしげもなくスカートも脱いで、水着姿になった。

汚いガレージに水着の女性がいる光景は、はっきり言って意味がわからん。父親がふらっとやってきたら、なんと言い訳すればいいのか。

(レースクイーンみたいなものだと思えば――)

そうだ。サヨリはモデルだし。

カーレースにはレースクイーンがつきものだ。ガレージにいたっておかしくはない。いや、おかしいけども、とにかく自分に言い訳するため、強引にそう思うことにした。

「んん？　どした？」

尻尾をフリフリしながら、制服をぴしっとたたんでいるサヨリ。

部屋の隅に、きちっと折りたたまれた制服があるのも、ヘンな気分だ。しかも靴下まで脱いでいるのが、また――。

(やめろやめろ、考えるなっ)

あくまで！　ペディキュアに必要なことだから！

「早く塗るぞ」

「はいは～いっ」

サヨリは脚線美を遠慮なく披露しながら、俺に向かって爪先を伸ばすのだった。

まあ、水着姿になって姿勢を変えても、やることは変わらない。

俺はさっきのように床にひざまずくのではなく、サヨリの対面に座って、彼女の足を膝にのせていた。

削りカスなどで汚れるので、膝の上には予備のクロスを敷いている。

まあ、床近くで作業するよりは幾分かやりやすいが、やはり他人の足に対して作業すること自体が、そもそも難易度が高いと思われた。

サヨリは向かいに座る俺に向けて、足をピンと伸ばしている。

「姿勢、大丈夫か？」

一応たずねてみる。

「ありがとっ！　でもへーキ！」

「つらくなったら言えよ」

座った状態で足をまっすぐ伸ばしていても、サヨリは苦にならないらしい。きっと体がかなり柔らかいのだろう。

俺はグラインダーを当てて、サヨリの爪を削っていく。サヨリのほうも慣れてきたのか、変な声をあげることはなかった。

スマホをいじりながら、なにやらぶつぶつと言っている。

「んん〜、水着に負けないようにするなら、やっぱビビッド系カラー……でもあえて上品にしてみるのもアリ？　どかな〜」

「まだなんとも……」

俺も考えてはいるが、なかなかサヨリのセンスに追いつける気はしない。

「なんでも塗ってやるから、考えておけよ」

「なんでも!?　マジでなんでも!?」

「まだ高度なのは無理だからな……?」

ネイルにもいくつか種類がある。

俺がサヨリに塗っているのはシンプルなポリッシュだが、いずれジェルネイルやエアブラシを使ったネイルも扱えるようになれば、より多様な表現が可能になるはずだ。

サヨリの爪を削りながらそんなことを思う。

一通りの研磨が終わったので、ベースコート、本命のポリッシュの順に塗っていく。水着で動揺はしたものの、ここまでくればあとは塗料を塗っていくだけのシンプルな作業だ。

サヨリも首を振って、爪に色がついていくのを楽しそうに眺めていた。

「ねえ吾妻クン、これって、転んだら塗装とか剝げちゃうかな?」

「一応、トップコートで保護するから大丈夫だとは思うが……ていうか、まず転ぶな」

「プールって結構転ぶじゃん?」

「いやそんなことないだろ……」

どんだけ落ち着きがないんだよ。

「転び方によっちゃ、まあ、剝げることもあるよな。トップコートも万能じゃないし」

「んん～、どうしよ。アタシじゃ直せないし」

「だから転ばなければ――」

「そうだ！　吾妻クンも撮影についてきてくれたら、解決じゃん⁉」

「はあ⁉」

　相変わらず、俺の想像もしない観点からアイデアを出してくる。

「そうだよ！　マニキュアもペディキュアも、吾妻クンならその場でちょちょいって直してくれるし！」

「いやまあ、できるけど……」

　撮影用の応急処置なら、小さい面相筆で良いだろう。

「良いのか、部外者が撮影現場なんて」

「部外者じゃないもん！　立派に関係者なんだから！」

「専属ネイリストみたいに言うな」

「専属でしょ！」

「確定なんだな――」

　ヤバい。この調子だと押しきられるのは目に見えている。

　それに――俺自身、サヨリの爪をケアするのが楽しいと思える。水着と同じラメピンクの塗料を、サヨリの爪に乗せていくこの作業も、ワクワクする。

それはきっと。

今までこの世になかったものを、生み出す作業だからだろう。

彼女の理想を、明確な形にしていくのが、たまらなく楽しいのだ。

「とりあえずミオちゃ——編集さんには話通しておくからね！　来週の日曜空いてるっ？」

「あ、ああ——　そういえば、撮影来週なんだな」

「そーなのっ！　時間ないの！」

「早くどんなネイルにするか、決めないとな」

とはいえ、今の俺ならマニキュアとペディキュア合わせても、二時間もかからず作業は終わるだろう。

「ほれ、終わったぞ」

両方の足に、トップコートを塗り終えて、サヨリへのペディキュアは完成した。

随分と派手な足になった。水着がラメピンクなのも相まって、こんな女性がビーチにいたらさぞかし目立つことだろう。

「おおぉぉ～！　やっぱキレイ～！　もうこれでもイイかも！」

「いや、試し塗り……」

「写真撮っていい!?　良いよね!?」

「好きにしろ」

削りカスなどを掃除してる間に、サヨリは足を伸ばしてぱしゃぱしゃと撮影会を始める。

「ちゃんと本番までに、どんなの塗るか決めとけよ」

「はーいっ」

きゃっきゃと写真を撮るサヨリを見て、ついこちらも微笑(ほほえ)ましくなる。

「……本当に、ネイルが好きなんだな」

その様子を見て、俺は思わずぽつりと言ってしまった。

「ん！　好きだよ？」

「なんでそんなに？」

「前にもちょっと言ったけど、自分の手がキレイでオシャレだったら、テンション上がるくない？」

「そう、か？」

「アタシさ、気づいたら、他の人の手とかもじっと見ちゃうんだよね。女の子でも、男の子でも！」

サヨリはにへら、と笑う。

「アタシ、そもそも誰かの手が好きなのかも！　だからこだわりたいし、自分好みにしておきたいよね！」

「手が好き、か」

そんなこと、考えたこともなかった。

自分の手をじっと見てみる。あまり外出しないから色白で、骨ばっていて、サヨリみたいなモデルの手とは比べるべくもない。

美しさのみならず、機能性も高そうには見えない。

「俺は、あんまり自分の手が、好きじゃないかもな」

「えー!?　そうなの、なんで!?」

信じられないとばかりに、サヨリが目を見開く。

世の中、サヨリのような自己肯定感の高い者ばかりではないのだ。

「プラモを作ってるとさ、できないことばかりで。パーツは割るし、削りすぎる。筆塗りとかスミ入れははみ出すし、塗料もこぼすし、調色を間違えるし――どれだけ丁寧に作業してるつもりでも、失敗ばかりで」

「それって、初心者だったからじゃないの？」

「今だってよくやらかすさ」

なんで俺はこんなに不器用なんだろうと思った。

もっと早く、もっと正確に、もっと精密に。自分の手が、いっそ機械のような手だったらよかったのに――と、何回も考えた。

そしたら、理想のプラモをいくらでも作れるし。

サヨリのネイルだって、今すぐ、彼女が望むものを——。

「みんな褒めてくれるけど、俺は不器用なままで……だからあんまり、自分の手は」

「アタシは」

サヨリが距離を詰める。

相変わらずこいつは、すぐ近づいてくる。思わず一歩下がる前に、俺の手があったかいものに包まれた。

サヨリが両手で、俺の手を握ってきた。

「アタシは、吾妻クンの手、好きだかんね！」

「っ」

「だって、アタシに初めてネイルしてくれた手なんだから！　アタシの初めてを作ってくれた手なんだから、不器用だなんてこと絶対ない！」

サヨリの手は、少しだけ熱い。

ドラゴンだからなのか。それとも——恥ずかしいことを言ってるからか？

「ち、ちか……」

「今日だってペディキュアしてくれたし、これからもきっと、いっぱい素敵なもの作れるよ！　吾妻クンの手じゃないとできないこと、きっといっぱいあるよ！」

サヨリが握った手に力をこめる。

「アタシはこの手がイイ！　この手じゃないとダメなの！　アタシは吾妻クンの手が、大好きだかんね！」

「っ」

告白めいたことを言うな。

いや違う。そんなんじゃない。あくまでコイツはネイルの話をしているだけだ！

「だから吾妻クンも、自分の手は大事にしなきゃ！　わかった⁉　わかってくれるまで、この手、離さないからね！」

「わかった、わかったから……」

水着姿の女子に手を握られて、心臓がぶっ壊れそうだ。

息も絶え絶えに、サヨリの言葉に対してカクカクと頷くと、サヨリは満足したのか手を放してくれた。

「ん、よしっ！」

よしじゃない。死ぬかと思った。

サヨリは満足そうに、大きく頷いた。

近すぎるギャルの距離感に、いつまでも困るのだった。

撮影になにを塗るかは、引き続き宿題として。

ペディキュアがキレイに塗れることは確認できたし、今日のところは解散となった。

父からも、サヨリの門限を気にするように言われている。

ガレージでは、サヨリがいそいそと制服を着直している。脱ぐ時も動揺しまくったが、制服を着るのを見るのもそれはそれでやはり気恥ずかしい。

水着の上に制服着てるだけなんだけどな！　なんでなんだろうな！

「あ、カーラだ」

「？」

着替えを見るのが気まずくて目を逸らしていたら、サヨリが携帯を見ている。

着信が来ているのだろうか。

「ゴメっ、吾妻クン、ちょっと電話していい!?」

「あ、ああ」

また編集さんかと思ったが、さっき上げていた名前は別の人だった。

まあ、ギャルってきっと交友関係広いだろうし、友達とかとしょっちゅう電話しているのだろうな。俺と違って。

――いや、これは偏見だろうか。

「もしもし、カーラ？　さっき送ったペディキュア見たーッ!?　超いいっしょ！　今度撮影の時も塗っていこうかと――へ？」

どうやらペディキュアの写真を送った相手らしい。

口調からして、やはり友人っぽいな。

「えっ……ちょ、カーラ!?　ウチもしてほしいって……いやいやダメダメ、アタシのネイリストくんだから！　ねえ、聞いてる!?　カーラ！　ちょっと！　おい無視すんなー！」

なんかぎゃいぎゃい騒いでいる。

あれ？　友達――だよな？

「大体アンタ、自分の手のこと考えて……もしもーし！　もしもーし!?　はあ～ッ!?　嘘マジ、電話切ったじゃんアイツー！」

感情をむき出しにしている。

そういえばサヨリが怒るところを見た記憶がない。まあ今のも、怒るというより相手の非常識に驚いている、という気もするが。

なんとなく、誰にでも笑顔のイメージだったが。

もしかして、それだけ素をぶつけられる相手なのか？　だとしたらそれは親友、というべきものじゃないだろうか。

電話は切れてしまったらしく、サヨリはしばしスマホを見て呆然としていた。

「あ、あのー……ゴメン、ホント、吾妻クン？」

「どうしたんだ?」

珍しい。サヨリが申し訳なさそうに声をかけてきた。

「嫌だったら断ってほしいんだけど——てか、アタシ的にはきっぱり断ってくれたほうが嬉しいんだけどー……」

「なんだよ。はっきり言わないな」

なんでもかんでも直截に言うサヨリにしては、本当に珍しい。

「さっきの電話、カーラって子で……アタシのモデル友達なんだけど……」

「へえ」

モデル友達。撮影現場で知り合ったということだろうか。

「その子もネイル色々タイヘンでぇ……専属だったネイリストさんが引退しちゃったらしくてえ……」

「その友達も亜人なのか?」

「うん。そう」

「まあ、別に、一人増えるくらいなら——」

はっきり言って、ドラゴンの爪より手強いネイルなんてそうそうないだろう。

「だ、大丈夫!? いや多分、カーラのほうはもう、押しかける気満々だと思うんだけど!」

「サヨリも押しかけてきただろ」

「アタシは違うもんっ！」

サヨリもまあ強引だったくせに、いざ友達も同じとなると動揺するらしい。

そういえば、クラスでも俺がとられる、とか言ってネイルの事情を伝えなかったな。意外と独占欲が強いのか？

俺としては一人増えるくらい、別に構わないのだが。

「いい経験だし、まあ、サヨリの友人だけならやってみるよ」

「本当にいいの!?　だって、その、カーラって」

「？」

言うべきか悩んでいるサヨリ。

「だってカーラ、腕が四本あるんだよ!?」

「……おおう」

そういえば、サヨリの写真が載っていたファッション誌。

いたな。青い肌で、腕が四本ある亜人モデルが。

あんまりちゃんと見ていないけど、もしかして彼女——だったのだろうか。

腕が四本。単純に考えれば、マニキュアの作業量は二倍である。

「絶対タイヘンだってぇ〜！　もうカーラは話聞いてくれないし……ううう〜〜〜ごめんねぇ、吾妻クン……！」

「ま、まあ、なんとかなるだろ」

　半泣きになってしまったサヨリを励ましつつ。

　四本腕の女性に似合うマニキュアとはどんなものだろうか——ということをずっと考えていた。

「あっ、吾妻クンがもうカーラのこと考えてる！　まだ紹介してないからね！　ってか、吾妻クンはアタシの！　専属だからね！」

　そして、泣きながら独占欲を見せ続けるサヨリなのであった。

第四章　キャンディ塗装＆筆塗り

The nail technician of The DragonGAL!!

「そんで、カーラと撮影用のネイルについて話してたんだけど」

ある日の昼休み。

俺は再び、学校の屋上でサヨリと相談をしていた。もちろんネイルについてである。

「手と足のネイルを、全部おソロにしたらよくない!?　って盛り上がったの！　吾妻(あづま)クン、大丈夫かな？」

「ああ、多分できる——と思うよ」

サヨリは、教室でも親密に話しかけてくる割に、ネイルの話は絶対にしない。

友達に俺をとられる——というのがサヨリの言い分である。

しかしサヨリは、カーラという名のモデル友達に、うっかり俺が塗ったペディキュアを見せてしまったために、俺の顧客(こきやく)を一人増やす結果になってしまった。

とはいえ、そこはもともと仲の良い友達らしく。

今では、週末の撮影に向けて、どんなネイルが良いかを話し合っているらしい。

「うん、あのね、グリッターのラメパウダーを使いたいなって」

「グリッター……？」

「これこれ！　百均とかでも売ってるヤツなんだけど！」

サヨリが取り出したのは、円形のプラケース。中には、金色に輝く粉末が入っていた。

「たとえばこれを、トップコートに混ぜたりするとさ！」

「下地を活かしつつ、別の表現ができるわけか」

「そうそう……えっ？　見ただけでわかっちゃったの!?」

「まあ、大体は」

　重ね塗りの手法は、プラモ塗装でも使ったりする。

「えっとね、イメージとしては……なんか夜空の中に、金色の星がびかびかーって輝いて、どばーっ、きらきらーっ！　ばばーん、マジやばすぎるほどキレーっ！　……みたいな？」

「いや語彙力（ごいりょく）」

　ほぼ擬音（ぎおん）じゃねーか。

　しかし、まあ言いたいことは伝わった。つまるところこのパウダーを使って、星空のようなネイルにしてほしいということだ。

「いろんなやり方があるみたいだけど、今回はそれがいいかなーって。夜をバックに、星が浮かんでる感じにしたいの！」

サヨリがえへへ、と笑う。

友達と話し合った結果生まれた、お気に入りのアイデアなのが伝わってきた。

「なるほど。このパウダーを下地の塗料に混ぜるんじゃなくて、透明なトップコートと混ぜて立体感を出したいわけだな」

「そうそう！」

こくこくと頷(うなず)くサヨリ。

乏(とぼ)しい語彙力ながら、ちゃんと意図が伝わっているのが嬉(うれ)しいらしい。

「重ね塗りとかダイジョブそ？　得意？」

「得意……というか、まあやったことはある。透明な塗料を重ねていくと奥行きもでるし、質感も変わるしな。キャンディ塗装とかあるし」

「キャンディ……飴(あめ)ちゃん？」

サヨリが首を傾げる。

「ええと、下地に透明な塗料を重ねて——いや、見せたほうが早いか」

俺はスマホを操作して、ネットに上がっているプラモの作例を見せていく。

画面に映したのは、キャンディ塗装を用いたプラモデルだ。全身がつややかな金属光沢で包まれている。鏡面仕上げで、おそらく覗(のぞ)きこんだらこちらの顔が映るほどのツヤ。

「え～!?　すっごーい、なにこれ、金属で作るの？　プラモってこういうのアリなの!?」

「いや、あくまで『プラモデル』だからな。プラスチックだよ」

「でもなんかすっごい輝いているよ」

「だからこれが、キャンディ塗装。まず下地を塗って、その上から透明な塗料を何度か塗ってから、コンパウンドで磨いていくとこんなふうになる。リンゴ飴みたいだろ？」

「リンゴ飴……あっ、だからキャンディ!?」

「そういうこと」

納得したサヨリが笑顔になった。なんてわかりやすいヤツ。

「へー、金属にしか見えないけど……」

「塗装で質感も全然変えられるからな。ツヤのないマットでリアル感を出したりとか、汚し塗装でサビや傷を作ったりとか……」

「やば、万能じゃん!?　やっぱ吾妻クンって塗るプロフェッショナルなん!?」

「いやアマチュアだよ……」

プロのモデラーになる道もあるかもしれないが、技術も努力もまだまだ追いつかない。

「んん～、でも、そっかぁ～。金属で作るわけじゃないんだ」

「市販の金属パーツを部分的に使うことはあるけど、基本はあくまでプラ加工だから、金属加工はほとんどしたことないな……」

金属でロボを作ってみるのも楽しそうだが、それはもはやプラモデルじゃないな。

「もし吾妻クンができるなら、ピアスとか作ってもらおうと思ったんだけど……」

「ピアス!?」

作るどころか触ったことすらないんだが。

俺がネイルのスキルを上げていくうちに、サヨリからの要求もどんどん高くなっていくのを感じていた。

はじめは遠慮がちだったのが、『吾妻クンならこれもできる』という期待と信頼で、オーダーのレベルが上がっていく。

それは嬉しいことでもあるのだが――。

「さすがにピアスはちょっとな」

「あ、こっちこそゴメンね。まずはネイルネイル」

「まあ、このラメパウダーを使ったネイルも、問題ないと思うぞ」

「やったぁ～！　さすが吾妻クン！　これで撮影もテンションアゲまくりだし！」

まだ塗ってもいないのに、大げさにサヨリが喜ぶ。

やはりサヨリは、『自分のやる気』『モチベーションの上昇』のためにオシャレをしているようだった。

ましてや手が好きでよく見るというのだから、サヨリにとってネイルをすることは特に、メンタルに強く影響するのだろう。

（……まあ、塗装が上手くできたときの俺と同じか）

同列に語っていいものかはわからないが。

初めてキャンディ塗装を成功させたときのことを思い出す。

下地に、厚めのクリアーを吹きかけて、コンパウンドで磨きあげ、鏡面のようにピカピカの塗装ができたときの感動と、似ているのかもしれない。

「じゃ、今日カーラと一緒に、ガレージ行くね」

「ああ。よろしく」

「今日だけでネイルいけそうかな？」

「多分——大丈夫じゃないか。最悪、明日も使えばいいし」

「おけ。撮影にはしっかり間に合いそうだね」

今日は友達と来るらしい。

ファッション誌で見たカーラというモデルは、四本腕で肌が青く、インパクトはあったものの、それ以外は人間と変わらなかった。

俺もネイルにはかなり慣れてきた。腕が四本あるといっても、キャンディ塗装くらいならば、さっと終わらせられる。

「じゃ、また放課後にねーっ！」

購買のパンを、さして噛まずに飲みこむサヨリ。丸のみしがちなのもドラゴンの習性だったりするのだろうか。

尻尾を振りながら、屋上を出ていくサヨリを見送る。

（また変な噂になるかもしれないし、時間をおいてから教室に戻ろう）

屋上で一緒に昼飯を食べていることがバレれば、変な勘繰りをされる。

そもそも俺は、陰キャで人見知りなので、サヨリと恋仲になることすら、まったく想像もできないが――。

（友達、かあ）

サヨリから友達を紹介されることも、実はちょっとだけ緊張している、根っからのコミュ障である。

だがまあ、ネイルを塗るために来るのだから、大丈夫だろう。

いつも通りに作業すればいいのだ。作業中は喋らなくていいし。

（平常心、平常心……）

ネイルにも慣れてきたし、すぐに済む。

キャンディ塗装の要領なら、そう難しくない――この時の俺はそう思っていたのだが。

それが間違いだったことを、俺はサヨリの友人カーラと会って、知ることになるのだった。

その日の放課後、ガレージで、道具の準備を進める。

ラメパウダーを使ったネイル。

塗料を混ぜる必要があるから、塗料皿と、筆を並べて置いておく。

サヨリは、友達と待ち合わせて一緒に来るから、少し遅くなると言っていた。

（準備、あっさり終わったな）

元々、ネイル用の道具は揃（そろ）えてあるので、事前の準備はそこまで多くない。

掃除でもするか？　一応、女子が来るわけだし――。

「女子……」

俺は思い出す。

先日、このガレージで、サヨリに手を握られたことを。

いや、手はいつもネイル作業の時に触っているんだが――両手をしっかりと握りしめられて言われたのだ。

『アタシは、吾妻クンの手、好きだかんね』

サヨリの言葉を思い出して、思わず自分の手をじっと見つめてしまった。サヨリの体温を思い出して、顔が赤くなる。

恋愛的な意味じゃないのは、よくわかっているのに。

（ギャルってのは、本当に困る……！）

あの距離感は、ギャルだからなのか、サヨリだからなのか。

わからないがとにかく、俺の精神を乱してくるのは事実であった。

(ええい、集中集中)

これからネイルをしなくてはならないのに、こんな気持ちでどうする。

「……ああ、そういえば」

最近、プラモを作っていない。もちろん新しいキットは買っているのだが、サヨリのネイルで頭がいっぱいで、積み続けているのだった。

ネット経由で、有償でプラモ制作依頼を引き受けている。こちらもおろそかにはできない。

スマホを見てみると、注文サイトを通していくつか依頼が入っていた。

(久々にやるか……精神集中になりそうだし)

俺は、裏の倉庫から、作例を依頼されているキットを持ってくる。

箱を開けて、ランナーを取り出す。

今日のところは、とりあえず素組みでいいだろう。ぱちん、ぱちんと、一人のガレージに、プラモを切り出す音が響く。

ランナーからパーツを二度切りして、ヤスリで軽くゲート処理。それから説明書通りに、パーツを組み上げていく。

慣れたものだ。

最近のキットは、プロポーションも良くて、可動も十分。無塗装でもしっかり色分けがされていながら、パーツ構造はシンプルである。

（まあ、昔の作りにくいキットを改造するのも、好きだけどな……）

今までは、ずっと一人で黙々とこれをやっていた。だが。

もしサヨリが見ていたら、こんな単純作業の繰り返しに対しても『すっごーい』と褒めてくれるだろうと思った。

（あーもう！　最近はすぐ、アイツのことを……っ！）

たかだかパーツの組み立てでさえ、褒めてもらいたがってるのか？

サヨリのせいで、すっかり一人の時間も侵食されているようだ。アイツが――アイツが俺のことを、なんでもかんでも褒めるから。

考え方を変えよう。

あんな美人に好きだと言われてしまえば、それは混乱する。何故なら陰キャだから。だがアイツはあくまで、俺のモデラーとしての腕前が好きなのだ。

ならば俺も、あくまで職人に徹するべきだ。

ぱちん、ぱちんと、パーツを切っては組み立てていく。

あっという間に、プラモが一つ完成した。素組み――説明書通りに作っただけの無改造の状態だが、まあ、一時間程度で作れたのだから上出来だ。

ネットを介した依頼にこたえるために、これから改造の方向性や、塗装などを考えてはいくが、まあ、暇な時間の作業としてはもってこいである。

（やっぱり、プラモはいいな）

素組みのキットとはいえ、出来栄えを見て、うんうんと頷く。

サヨリのせいで混乱していた心は、プラモ制作を通してすっかり落ち着いていた。ある種の瞑想である。

「こんにちはーっ！　吾妻クーン、きたよぉー！」

「っ！」

ガレージの外から呼びかけられて、俺はびくりとする。

いつもは返事も待たず入ってくるくせに。

「入っていいー？」

今日は友達がいるから、いつもより丁寧なのだろうか。

などと思いつつ、俺は慌ててプラモを箱に片付けて、作業台をキレイにする。

「あ、ああ、いいぞ……」

俺は平常心を心がけて、サヨリに返事をした。

――サヨリのせいで、平静でいられないから、ごまかすためにプラモを作っていたなんて、恥ずかしくて知られたくないのだった。

ガレージの入り口からサヨリと共に、もう一人の女子が入ってくる。

彼女は軽く頭を下げて挨拶した。

「どうもー、斯波カーラ、デス。カーラって呼んでくだサイ」

サヨリの友達のカーラ。

まず目を引くのは、初めて見たらぎょっとするような真っ青な肌で、一目で亜人だとわかる。

「あー、ど、どうも、吾妻肇です」

「キミが噂のネイリストさん、デスね。会えて嬉しいデスよ、サヨリがいっつも自慢してるんで」

「そうなのか？」

「うん！　だって吾妻クンはすごいかんね！」

サヨリが大きい胸を張る。

そんなに持ち上げられるとさすがに照れ臭い。

「ええと……斯波さんは亜人、だよな？」

「あ、カーラでいいデス。堅苦しいの苦手なンで。お互い、フランクにいきまショ」

サヨリと同じようなことを言う。ギャルってみんなこうなのか？

斯波カーラは、カジュアルなギャル服に身を包んでいた。厚手のフード付きパーカーを着ているが、そのパーカーはなんと、袖が四本ある縫製である。

背中に近い二本の腕は、パーカーの後ろで頭を支えている。胸側の二本のうち、左手はポケットに突っ込み、もう一本の手で棒つきキャンディを持っている。

ボトムは短めのスカートに、スパッツを穿いていた。露出の多いサヨリとは、同じギャルでもなんとなく陰の気配を感じる。

同類なのだろうか。まあ、陰キャ同士だから仲良くなれるということもないのだが。

「すまん、このガレージは飲食禁止なんだ」

「あ、ごめんデス」

注意をすると、カーラはすぐさま飴玉を噛み砕いて飲みこむ。一瞬だけ見えた舌は普通の人間と同じく赤かった。

「ウチは大陸経由で、神様……みたいなのの血を引いてる亜人デス。だからまあ、見た目はちょっとビックリするかもデスが、仲良くしてくだサイ」

「神様って……そういう亜人もいるのか？」

俺の知ってる亜人は、大抵は、動物の特徴を兼ね備えた人間――という感じだが。

神様にまでいくと、かなりファンタジーな空気が漂ってくる。

「まあ、家系図さかのぼると、そういうことになってはいマスが、実際のところは神様なんているかどうかデスし、ねえ？　ウソかもデス」

カーラはへらへら笑う。

サヨリと比べると、態度がかなりダウナー系である。ファッションモデルのイメージからはちょっとかけ離れている。

「それに、ドラゴンだって十分神話っぽい生き物デスし」

「いやいや、ちゃんと生きてるから！　ここにいるから！」

サヨリが自分を指さして主張した。

まあ確かに、ドラゴンと神様、どちらを信じるかと言われると難しいところだ。ともあれ、普通の人と違う血を引いてる亜人なのは間違いないわけで。

「でも、本当にガレージでネイルやってんデスね。あ、プラモもたくさんある」

「父親から借りてるだけだよ。本来はプラモ用の作業場」

「へへ。おにーさんの大事な場所に、女子二人で乗り込んでごめんデス♪」

カーラは冗談めかして、背中側の両腕で頭をかいた。さすがに腕が四本あると、細かい仕草も人間とは全然違うようだ。

「カーラはアタシみたいな読モじゃなくて、ちゃんと事務所に所属してるプロのモデルさんなんだよ！」

「え、そうなのか」

正直、モデルのプロがどうとかよくわかっていないが。

「つまり……ええと、芸能人？」

「あはは。そんな大したもんじゃないデス。お仕事もあんまりないデスし、事務所からはちゃんと学校行けって怒られマスし」

「学校……行ってないのか？」

「仕事口実にサボってたら成績が落ちマシて……ちゃんと勉強しろって言われてマスー」

はあ、とカーラが大きなため息をついた。

プロにはプロの悩みがあるらしい。

「でもカーラ、いつも読者に人気じゃん」

「そうなのか。どんな風に……？」

見た目の個性が強いように思えるが、やはりそこがウケるのだろうか。

「あー、同じ亜人の子に、デスね。ファンもそこそこ、増えてマス。やっぱり、普通と違う見た目なんで、ウチみたいなのがモデルやってると憧れてくれたりするみたいデス」

「へえ」

やる気なさそうに語っているが、そこにプロの矜持のようなものも垣間見える。

「ま、コレでもいちお、カリスマギャルモデルで売ってるノデ」

カーラは、腰をくねらせ、四本の腕を四方に伸ばしてポーズを決めた。

俺にはよくわからないが、サヨリが無邪気に拍手をしているところを見ると、やはりプロのポージングなのだろう。

「……って、ウチよりおにーさんデスよ。本当にネイルしてくれるんデス？」

「あ、ああ。もちろん」

そういう話にはなっている、のだが。

「でも、あくまで素人だぞ。プロのモデルが満足するクオリティなんて、とても」

「またまたぁ。サヨリが送ってくれた写真見ましたヨ。ムラとかなくてすっごくキレイ！　自分でやっても、こんなに上手くできないデス」

カーラは、ばっと四本の腕を並べ、合計二十枚の爪を見せてくる。

「ましてウチ、人の倍、爪がありますカラ。キレイ、ハヤイのネイリストさんはもう、喉から手が出るほど欲しいわけデス」

「カーラ、それ以上手を増やしてどーすんの！」

サヨリがあはは、と笑った。カーラも悪戯っぽく舌を出す。

友達だというだけあって、息がぴったりである。

「まあ、そこまで言うなら、やらせてもらうよ」

「ハーイ。よろしくデス。おにーさん♪」

気だるげな感じだったカーラが、そこで初めて笑顔を見せて、ウインクをしてきた。

「……？」

そんなに愛想よくされる理由がわからず、俺は首を傾げる。

「まあいいや。とにかく爪を見せてくれ」

作業机に座って、カーラも対面に座るように促す。

「――ね、サヨリ、もしかしてこのおにーさん、結構固めの人？」

「うん。かなり」

「マジデスかー。渾身のウインクだったのに」

「……さっきからなんの話だ？」

二人の話題がつかめない。

すでに俺は、カーラのネイルをどう塗っていくか、ということで頭がいっぱいで、会話にあまり脳の容量を割けずにいる。

「なんでもないデス。んじゃ、どうぞよろしく～」

カーラは再び気だるげな表情に戻って、青い肌の手を差し出してくるのだった。


カーラが作業机を挟んで座る。

サヨリはその後ろで、ペディキュアを塗った時に使ったソファへ、ちょこんと座る。順番待ちをしているつもりらしい。

まずはカーラの手を、よく観察してみる。

皮膚(ひふ)の色は深い青色。そして爪の色は、その青をさらに暗くしたような、黒い爪であった。色だけ見るなら不健康にも思えるが、もちろん亜人のカーラにとってはこれが健康的な色なのだろう。
きちんとポリッシュの塗膜(とまく)を形成しないと、爪の色が見えてしまうことがあるかもしれない。
それはなるべく避けたい。下地処理は丁寧(ていねい)にしよう。

「今までは、どんな風にネイルしてたんだ?」

「あ、ハイ。ネイルサロンで馴染(なじ)みのネイリストさんに……ポリッシュ塗ったらぺろって剥(は)が
れちゃうんデスけど……ネイリストさんに表面処理してもらってナントカ。こう、金属製のヤ
スリでガリガリと」

「ほとんどサヨリと同じだな……」

「良いネイリストさんだったんスけど、引退しちゃったんデスよねえ。おにーさんに引き受け
てもらえてホント、良かったっす」

軽く、カーラの爪に触れてみる。
サヨリの爪のような、ささくれだった痛みは感じない。しかし触覚からは、金属のような硬
質感を覚えた。

(固めのプラスチックみたいな手触りだな……)
まさか本当に、爪がプラスチックなわけもないが。

どうもサヨリの爪以上に、謎が多そうだ。

「ひとまず、グラインダーで削ってみるか」

「お。なんか本格的な道具でてきたー」

カーラがすごいすごーい、とへらへら笑う。

サヨリは真面目に応援してくれるのだが、カーラは何となく斜に構えている。

別に不快ということもないのだが、まっすぐに、照れもなく、褒めてくれるサヨリの態度が、改めて貴重だと感じた。

カーラの爪を削っていく。

削りカスはすぐに発生した。爪と同じ黒い削りカスなのですぐわかる。本当に何の素材ででき てるんだ、カーラの爪は。

(黒……カーボン素材とか……いやまさかな)

考えても仕方ないので、今はいったん忘れて、爪を削ることに集中する。

「痛かったら言えよ」

「あっ、へーきデース。おにーさん、手先器用っすネ」

「そうでもないよ」

「いやいや、ご謙遜を。ウチやサヨリは不器用の極みなんで、うらやましいっす。サヨリなんてこの前――」

「ちょっと！　カーラ！　余計なこと言わない！」

「あら怒られた」

にしし、とカーラがイタズラっぽく笑った。

二人で話してくれるぶんには、俺は会話に参加しなくて済むのでラクであった。作業しながらの会話、結構神経を使うのである。

だが——。

（指が……多いな）

四本腕の時点でわかっていたことだが、やはり数が多い。

カーラの腕は肩関節から前後に分岐（ぶんき）しているようで、胸側、背中側、どちらの両腕も自在に動かせるようだった。

右手と左手、それぞれ二本ずつあるので、どの手の作業をしてるのか忘れそうになる。気をつけないと。

「あー、すみません、やっぱりやりづらいデス？」

俺の緊張を感じ取ったのか、カーラが聞く。

「いや、そんなことはない……けど、確かに多いな。素人の俺じゃ、時間かかるかも」

「丁寧にやってくだされば、いいんデスよ」

「なるべく努力する——でも、やっぱり今までプロに頼んでたわけだし、変わらずプロのネイリストに頼んだほうが良かったんじゃないのか？」

「それは……」

カーラは、やや困ったような顔で、ちらりとサヨリのほうを見た。

「サヨリがいっつも自慢するネイリストさんがどんな人か、ウチも見てみたかったのデ」

「自慢──されてるのか」

「最近すごいデスよ？　愛されてマスね♪」

愛とは少し違う気もするが。

「まあ、でも、腕が四本あることは変えられないので、どうにか慣れてくだサイ」

「あ、えっと、気を遣わせて悪い……」

身体のことをあれこれ言われて、いい気分になる人はいないだろう。

「いえいえ、良いんデス。人と違うことはもう、どうしようもないので。それに、この身体だって、案外悪くないんデスよ？」

「？」

「こういうこともできマスし、ネ」

カーラが。

作業中の左手はそのままに、背中側の右腕を伸ばしてきた。そのまま、俺の頭に触れて撫でてくる。

「よーしよしよし、おにーさん、がんばってエライ♪」

「な、なにしてんのー!?」

俺が声をあげるより前に、サヨリが立ち上がった。

「なにって、ネイルしてくれてるのデ、お礼を」

「吾妻クンが困ってるじゃん！　やめなよ！」

何故かサヨリが俺の代弁をする。俺は何も言っていないんだが――。

「あちゃ。怒られちゃいましター」

「おさわり禁止だからね！」

サヨリがカーラに詰め寄った。だからなぜ、サヨリが決める。

「……作業中は危ないから、あんまり触るな。特に今持ってるのは工具だからな」

一応、俺からも注意しておく。カーラはわかっているのかいないのか、『ハァイ』と気だるげな返事をするのみだ。

そんな話をしているうち、爪を削る工程が終了した。ここまでは特に問題もなかったし、順調だと言っていいだろう。

（よし、じゃあ、ベースを塗っていこう）

ベースコートを手早く塗っていく。

右手その一、右手その二、左手その一、左手その二の順。

指が二十本あるので、全て塗り終わるころには、最初に塗った爪は良い感じに乾いているだろう。そうすれば、今度は下地の色だが。

（多い……多いな……）

塗るのは単純作業の繰り返しだ。

カーラの場合は、倍の量を塗らなければならないので、集中力の維持が課題となる。相手はプロのモデルだ、失敗なんて目も当てられない。

自然と口数が少なくなってくる。

（大丈夫、同じようにやればいい）

下地は、暗めの紫。

サヨリからのオーダーである『夜空に星が浮かぶようなイメージ』のため、暗夜を表現する暗いカラー。

集中力を乱さずに、下地を二十個の爪に塗っていく。

「ふうう」

作業が一段落して、ようやく俺は息を吐いた。

「いやぁ、さすがサヨリのお気に入りさんデス。きれいに塗りますネぇ」

カーラが、四つある自分の手を眺めて、満足そうに頷いた。

「まだ終わってないからな」

もう完成したかのようなテンションであるが、今回のネイルはここから本番。

キャンディ塗装よろしく、上にクリアーカラーを塗って、奥行きと光沢を表現しつつ、星のように輝く演出も付け足していく。

（まずは、皿を用意して、と）

プラモでも、塗料をいくつか混ぜて使うことがある。金属製の塗料皿を取り出して、そこにクリアーカラーを入れる。

（量は――まあ、カーラの爪は多いし、気持ち多めに出しておくか）

どろりと皿に注がれる、透明のトップコート。

ネイルポリッシュ独特の、シンナーに起因する匂いが広がる。揮発性が高い塗料なので、匂いも広がるのが早い。

（ここにラメパウダーを混ぜて……）

サヨリからもらった、金色のラメパウダーを混ぜる。

星空を演出したいので、ラメ同士の輝きはまばらなのが理想的だ。

ネイル用のヘラ（スパチュラというらしい）で、塗料とパウダーを素早く混ぜる。ここで空気が入らないよう、塗料を押しつぶすように混ぜるのがコツだ。

「なんか吾妻クン、料理してるみたい」

「ネイルだネイル」

明らかに料理したことのない女の感想をもらいつつ。

俺は、プラモで使う面相筆(めんそうふで)を取り出す。今回の塗料はラメを混ぜてしまったので、小瓶(こびん)付属の筆は使えない。

面相筆ならば細かい作業も可能だし、俺も使い慣れている。あとは塗るだけ。

「よし、手を出してくれ」

「ハイハイ」

「これで最後だからな」

はじめる前は緊張していたが、どうにかスムーズに終わりそうでよかった。大きなミスもない。

このまま使い慣れた筆で仕上げれば、きっと喜んでもらえるだろう。

——そう考えていた俺は、本当に見通しが甘いのだった。


暗い紫の上に、ラメ入りのトップコートを塗っていく。

夜空を思わせる深い色の上に、ラメの輝きが瞬(またた)いた。ひとまずはこれで、クライアントのオーダーを達成したと言えるだろう。

「「おお……」」

カーラとサヨリ、二人も同時に感嘆(かんたん)の声をあげる。

喜んでくれたのはいいが——俺はいま、むしろ焦っていた。というのも。

（塗料皿に出したトップコート……乾きが早い……！）

空気に触れた瞬間から、トップコートは乾燥して、粘度を高めていた。

ヤバい。

粘度の高いトップコートをそのまま塗ると、塗膜が均一にならない。結果として、ムラになったり、変な凹凸が生まれたり、とにかく仕上がりに影響する。

（ああ、ポリッシュは乾くの早いよな！　すっかり忘れてた……）

完全にプラモ用塗料と同じ感覚でやっていた。

塗料皿で作ったトップコートは、カーラの爪の数を考えて、かなり多めに出していた。このままでは、塗料が全て使えなくなる。

ネイルの塗料が、どうしてあんな小さなガラスの瓶に入っているのか。

やっと理解した。

ネイルを塗るときも、塗料が空気に触れる面積を最小限にして、揮発を防ぐためだったのだ。

カワイイから小瓶に入れているわけではないのだ。

プラモ用塗料は混合、攪拌の作業も多いから、ここまで早く乾くことはない。丁寧に作業をしても十分間に合うが——。

ネイルは違う。

これだけ多く一度に出してしまうと、仕上がりに影響が出る。

(どうする？　薄め液を使って……ああ、でもパウダーとの比率が変わるか？)

乾燥して固くなってきたポリッシュは、リムーバーなどを数滴、足せば柔らかくなってくれるはずだ。

だがそうしてもまた、塗った時の仕上がりがかなり変わってしまうだろう。

固くなったポリッシュを薄めて、塗って、また薄めて——繰り返していくと、ラメパウダーとの比率が変わってしまう。

二十枚あるカーラのネイルを塗っていくうちに、最初と最後で、仕上がり具合がまったく違う——ということは起こり得る。

筆についた塗料もすでに固まり始めていた。これもまた使い続けると、ムラができてしまうかもしれない。

(……まあ)

正直な話。

ちょっとくらいムラができても、ちょっとばかり仕上げが雑であったとしても、気にしない人間は気にしない。

プラモデルを作るのだってそうだ。モデラーにはちょっとくらい雑でも出来上がればいい、というタイプもいれば、細かいところまでこだわって時間と労力を多大に浪費(ろうひ)するヤツもいる。

趣味でやってるプラモなら、自分の判断で適当に完成させても、なんの問題もないだろう。

だが。

サヨリとカーラ。どちらも、心からネイルを楽しみたいと思っている。

(俺は、頼まれたから)

だから俺に頼んだのだ。

しかもこれは、撮影用のネイルである。サヨリもカーラも仕事として撮影に臨むはずだ。なのに、俺が面倒くさいから、という理由で、妥協したネイルは許されない。

まだまだ未熟なことも、技術的に追いつけない部分があるのも、百も承知。だがそれでも、今ここでできる限りのことはしたい。しなくてはならない。

「すまん、少しやり方変える」

「あ、ハイっ——いいんデスか、そのお皿は」

「ああ」

すでに作った塗料は使わないことにした。

まずは新品の塗料皿を用意。そして筆も変える。

使い慣れた面相筆では、細かい作業はできるが、広い面を素早く塗るには不適だった。あまり使っていない平筆を取り出す。

これならマニキュア付属の筆と使い心地が近いだろう。

「アノ……なんか雰囲気変わった？」

「集中してるのかも」

二人の言葉は聞こえているが、作業に集中するために、応じることはできない。

（一度に大量に塗料は出せない。少しずつ）

爪一枚から二枚分のトップコートを、塗料皿に。

そしてラメパウダーも混ぜていく。先ほどと同じ比率で。目分量で半分ほどの比率で加えていき、ヘラでかき混ぜる。

（塗料が乾く前に使いきって、必要になったらその都度、取り出していく。速さと正確さを両立させて進めるしかない）

作業のスピードも求められる中で、いかに正確に塗料を作って、塗れるかが勝負だ。

（――今だ）

平筆で、爪の広い部分を一息に塗りあげる。

これは一発勝負で、修正は利かない。中央にトップコートを塗ったら、すぐに左右の塗り残した部分にも塗料を乗せていく。

（よし、やっぱり平筆のほうが相性がいい）

面相筆も悪くなかったが、爪を塗るには平筆のほうが適していた。

マニキュア用の筆とかあるのだろうか。今度調べておこう。

(いつも不器用な手だけど——今日だけは頼むぞ)

俺は、自分の指先に言い聞かせる。

指の先の先まで、神経が通っていることを意識する。

サヨリは、俺の手が好きだと言ってくれた。自分ではまだまだ、なんて未熟な手なんだろうと思っているけれど。

(頼む、今だけ——俺の思う通りに動いてくれ)

俺は自分自身の手に、そう言い聞かせながら、筆を動かした。

「ありゃ、黙っちゃいましタ」

「ふふっ、だいじょーぶ。めっちゃ頑張ってやってくれてるじゃん？」

「なんだか顔つきが変わりましたネ」

「だよねだよね。こう、目つきがぎゅっとなって……なんか、イイよねッ！」

「職人！　って感じでかっこいいデスね。こういうところがお気に入りなんデス？」

「なっ……べ、別にそういうんじゃないから！」

「照れなくてもいいノニー」

「にやにやするなカーラ！」

ギャルたちが姦(かしま)しい。

彼女たちの言葉は聞こえるが、意味を汲み取ることはできない。

俺の目に映っているのは、カーラの指先。爪という、人体においては1パーセント未満のわずかな空間だけだ。

爪を装飾するだけで、なにが変わるかと思う人もいるかもしれない。実際、俺もそうだったけれど。

彼女たちにとって指先に色を乗せるということは、それだけで、なにもかも変わって見えるくらいに大事なことなのだ。

(じゃあ、その手伝いくらいは、させてもらわないとな)

塗料を作り、ラメを混ぜ、筆にとって爪に塗っていく。

絶対に失敗できないという緊張感もあったが。

(不思議だな)

——同時に、失敗なんてありえないという、高揚感が生まれていた。


「できた、ぞ……!」

額の汗をぬぐいながら、俺はカーラに告げた。

「おお……」

カーラは自分の四本腕を眺めて、感嘆のため息を漏らす。

(こんなに集中したの、いつぶりだ……？)

周りの音も、カーラとサヨリの言葉も、途中から全然、耳に入ってこなかった。極限まで集中していた証拠だろう。

夢中になってプラモを作っているときに、何度かこういうことがあった。ネイルでも同じように集中できるとは。

いつの間にか俺も、プラモと同じくらいネイルを塗るのが好きになっていたのかもしれない。

「ホントヤバい！　マジすごい、お願いした通りじゃん！」

「デスねデスねっ。いよっ、吾妻クン、職人芸デス！」

指先に完成した、星空のネイルを見て、サヨリとカーラが歓声をあげる。

「そうか、良かったな……」

「あ、吾妻クン？　なんか汗すごいけど、ダイジョブそ？」

サヨリが心配して声をかけてくれる。

「ちょっと過集中すぎたな……」

のめりこむと周りが見えなくなるのはいつものことなのだが。

今回はやはり、スピードと正確さが同時に求められる作業だったので、集中力も限界を突破していたのかもしれない。

「ちょっ、休んでていいから。ハンカチ使って」

「あ、すまん……」

サヨリが近づいて、汗をぬぐってくれる。サヨリのハンカチから、なにかはわからないがとても良い花の香りがした。

「飲み物は……って、ここ飲食禁止だっけ。なんもないか」

「いや、いいよ。サヨリのネイルもやらないと――」

「なに言ってんの！　汗かいたら水分！　外なら飲んでいいよね!?　角曲がったとこにコンビニあったっしょ。ちょっとダッシュで行ってくるわ！」

「お、おい……」

止める暇(いとま)もない。

思いついたら即行動のサヨリは、さっさとガレージの事務室を出ていった。

「吾妻クンは休んでてーっ！」

ガレージを出ながらサヨリが言う。

コンビニまではそれなりに距離があるはずだ。全力疾走(しっそう)してると持たないと思うんだが、それを伝えようとしたときには、サヨリはもういなかった。

「ふふ、随分(ずいぶん)気に入られてマスねぇ」

カーラが、四本腕で器用に肘(ひじ)をつきながら、こちらを見てくる。

「気に入ってる……まあ、そうかもしれないけど。誰にでもああなんじゃないのか、サヨリは」

「うーん、どうでショ？」

　カーラと二人、ガレージに残されてしまった。

　今日、カーラと会うまでは、彼女と何を話せばいいのか悩んでいたが――カーラと出会ってからは、すでに話題が一つ生まれていた。

「それに、気に入っているって言うなら、そっちもだろ」

「えっ？」

「サヨリのこと、随分気に入ってるみたいじゃないか」

　サヨリがいない今のうちに、ネイルに使った皿や筆を、リムーバーで洗浄しておく。

　スペアの塗料皿や筆も必要だろうな。買い足しておかないと。

「今日、来たのは、もちろんネイルしたかったのもあるんだろうけど――俺がどんなヤツか確かめに来たんじゃないのか？　サヨリのために」

「……なんでそう思うんデス？」

「だってカーラは、ここに来てから、サヨリと俺の話ばかりだし。ネイルの出来や、撮影の時にどうなるかって話、あんまりしてないだろ」

　カーラは驚いたように目を見開いた。

「バレてタ？」

「バレてたっていうか……カーラを見てたら、多分そうなのかなって。サヨリはネイルをしたら、飛び上がって喜ぶし、写真とか撮りまくるから」

「アハハ！　サヨリっぽいデス！」

カーラは立ち上がって、ぐうっと伸びをした。

四本の腕を一度に組んで、上方に突き出す。

「サヨリが、最近、とっても嬉しそうなんデスよ。ずうっと、ネイルができないことに悩んでたカラ。ウチのネイリストさんも紹介したけど、やっぱり難しいって言われちゃって」

「そう、なのか」

いくつもネイルサロンを回った話は聞いていた。

当たり前だが、モデル友達にも相談していたのだろう。

「でも最近は、こんなネイルしてもらった、次はこれやりたいって、明るくネイルの話をするようになって……全部、おにーさんのおかげデスよね」

「――たまたま、だと思う」

たまたま、俺にはプラモの技術があって。

偶然、サヨリのネイルに、それを活かすことができた。それだけのこと。

「そう、たまたまかもデスね。でもそのたまたまのおかげで、サヨリはネイルができて、本当に嬉しそうだったから……サヨリの言う『吾妻クン』が、ウチもめっちゃ気になったんデス。半端な気持ちでやってる人だったら、嫌だなと思って」

「……もしかして、ネイリストさんがいないってのは口実？」

「いやいや、ネイリストさんがいなくて困ってたのも、サヨリとお揃いのネイルで撮影したいのも、本当デスよ？」

カーラは照れ臭そうに笑う。

「でも、実際の『吾妻クン』を見たら、真剣にサヨリのお願いに応えてくれる人で、安心しました」

「そんなの、ちょっと話したくらいじゃわからないだろ」

「えーっ、わかりマスって。だってぇ」

カーラは、自分のネイルを眺めつつ。

「こっちの話を聞かないくらい、夢中でネイルしてたんデスから。あれだけ真剣にやってくれたら、頼んだほうだって嬉しくなっちゃいマスよ」

「……不器用だからな。集中しないと、ちゃんとできないんだ」

「あれれ？　ケンソンも行き過ぎると、嫌味デスよぉ～？」

「そういうつもりじゃ――」

「サヨリが喜ぶネイルを、ちゃんとしてあげられる人なんデスから、胸を張ってくださいね」

カーラは四本腕で、俺の胸を指した。

それだけの指さしで言われてしまうと、たしかにちゃんと胸を張らないといけないな――と思えてくるから不思議である。

「カーラが友達思いなのもよくわかったよ」

「えー？　どうデスかねぇ？　まあ、モデルに気が合う友達がなかなかいなくテ……ウチはマイペースだし？」

「謙遜（けんそん）は嫌味なんじゃなかったのか」

図星だったのか、カーラが顔を赤くして黙り込んだ。

友人のために、わざわざ口実を作ってまで、俺とこのガレージを見定めに来たのだ。お節介（せっかい）で友達思いでなければ、なんだというのか。

「と、とにかくっ、ウチもおにーさんの腕前、気に入ったんで、これからもお願いさせてくだサイ！」

「はいはい」

どうやら、顧客が増えてしまったらしい。

俺のネイルを独占したがっていたサヨリは怒るだろうか。と思いつつ——まあ、カーラは親友と言っていたし、きっと大丈夫だろう。

そもそもサヨリが連れてきたわけだしな。

サヨリは誰からも好かれるギャルだからこそ、カーラのように傍（そば）でそれとなく見守ってくれる友達もいるのだろう。

「ただいまーっ、ってなんの話してんの」

両手にビニール袋を提げ(さ)て、サヨリが戻ってきた。

――一人分にしてはペットボトルの量が多い。

「ちょ、サヨリ、飲み物多いデスって！」

「いやぁー、コンビニまでダッシュしたら、アタシも汗かいちゃって！　飲みたいものテキトーに買ってきた！」

「もー、相変わらず加減を知らない女デスね」

きゃははは、とギャル二人が笑い合う。楽しそうでなにより。

「ガレージ内で飲むなよ」

「「はーい！」」

返事も二人同時だった。

本当に、斯波カーラは、サヨリと仲の良い親友らしかった。


そして、水分補給と小休止を挟んでから。

サヨリの手にも、カーラと同じネイルを塗っていく。

カーラの二十枚の爪と比べれば、サヨリに塗る量は半分だ。なにより、すでに何度も塗っているから俺も慣れている。

すんなりとサヨリへのネイルが終わった。

「おおおぉぉ～～……」

キラキラ光る星空のようなネイルを見て、サヨリが妙な声をあげた。

「どう？　どう？　アタシイケてない？」

「イケてるイケてる。マジでイケてマス」

「写真撮っちゃお。カーラ並んでーっ！」

「あーいっ！」

俺が道具の片付けをしている間に、ギャル二人で撮影会が始まってしまう。お揃いのネイルをこれでもかと見せびらかしていた。

カーラが四本腕で、サヨリに後ろから抱きついて、ついでに爪もアピールする構図。

さすがモデルというべきか、オフショットでもこだわりがあるようだ。

「吾妻クンも一緒に撮るっ⁉」

「撮らない」

「即拒否！　ウケる！　入ろうよーッ！」

「絶対にムリだろ……」

キラキラのギャルモデルの間に、どうして俺みたいな陰キャが混ざれようか。

二人のファンに怒られたくないので、俺は断固拒否をした。

(道具……結構使ったな……)

一度マニキュアに使った筆は、塗料の性質が違うのでプラモには使えない。

プラモ用、ネイル用、それぞれストックを用意しておく必要がある。

あと塗料の薄め液や洗浄用のリムーバーも必要だろう。ネイル自体は手軽な趣味とはいえ、本格的にやるとなるとやはり必要な道具が出てくる。

「あ、そうだ、おにーさん」

撮影に夢中だったカーラが振り向いて。

「今日のお代はいくらでショ?」

「お代?　……なんのことだ」

「なにって……」

カーラはきょとんとした顔をしつつ、財布(さいふ)を取り出した。

「ネイルしてもらったんデスから、材料代とか技術代とかあるでショ」

「ああ、ネイル料ってことか、タダでいいけど」

「え」

カーラが固まる。

「いやいやいや、このクオリティでタダとか絶対ダメですってテ!」

「でも、サヨリからももらってないしな……」

「サ〜ヨ〜リィ〜……！　こんだけしてもらってロハなんデス⁉」

カーラが四本の腕を使って、器用にサヨリの頰をひっぱりはじめた。

「あ痛たたたたっ、違う、違うのカーラ！」

「なにが違うんデス？」

「別に払わないつもりとかじゃなくてぇ！　あとでどれくらいお金かかったか聞こうと思っててぇ！」

「それで忘れてたんデスね。どーするんデス、おにーさん実質タダ働きデスよ」

「今から全然払うしぃ〜！」

文字通り、四方から頰をつねられ、涙目になるサヨリ。

「あの――本当にいいから。俺のネイル技術は、まだ全然アマチュアだし、お金をとれるようなレベルじゃないから――」

「いやいや、こんだけやってもらってタダとかありえませんヨ！」

「そーだよ吾妻クン！　もうお金取れるレベルになってるよ！」

カーラにくわえて、サヨリも追随する。

実際のところ、あまり金には困っていない。ネット経由の、プラモ制作依頼をいくつか納品したら、ネイルの材料費などは簡単に賄える。

「本当に気にしなくていい。好きでやってるコトだから」

「でも……！」

サヨリは心配そうだ。

今、自然に『好き』だと口にして、自分でも驚いた。

俺は、ネイルが好きなのか？

最初は、五島サヨリに頼まれて始めたはずだった。

さっきも、撮影に臨むサヨリやカーラのために、ハンパなネイルなんてできないという使命感でやっていた。

だが。

いつの間にか俺も、無意識にネイルを楽しんでいた気がする。それは認めるけれど——プラモのように、純然たる趣味でやっているのとは、少し違う。

（あれ……？）

俺は、ネイルがいつの間にか、プラモと同じくらい好きな趣味になっていたのか？

だから、お金なんていらないと自然と答えてしまったのだろうか。頼まれて、期待に応えたくて始めたはずだったのに？

（俺は——）

俺は、なんでこんなに、ネイルに熱中しているのだろうか。

「マ、そういうことなら……」

カーラはイタズラっぽく微笑(ほほえ)んで、近づいてくる。

「お金以外で、なんでもお礼はしますのデ」

「アタシも！　アタシもできることなんでもやるからね！　なんでも言ってね！　なんでも！」

「サヨリ、あんまりなんでもって言うとエロいよ？」

「アンタが先に言ったんでしょーがっ！」

きゃいきゃいと姦しい。女が集まるってのはこういうことか。

プラモを一人で作っていたころのガレージの雰囲気は、もはや一片もない。まあでも、それはそれで悪くないかもしれない。

「とりあえず、だ。お金のことはおいおい考えるが――今日はもう暗くなってるし、帰ったほうが良いだろ」

「えっ!?　ペディキュアは!?」

「今日は無理。明日また来てくれ」

サヨリが残念そうに眉根(まゆね)を寄せるが、俺の集中力にも限度がある。

申し訳ないと思いつつ、今日はそこまで作業できる自信がなかった。

「えー、残念。まあしゃーない、明日またね！」

「あ、ああ」

明日また水着で来たりしないだろうな――少し不安になるが、まあカーラも一緒なわけだし大丈夫だろう。

「そうだ。撮影の時間もまた連絡するねっ」

「そういや、一緒に行くんだっけ――」

水着での撮影は、もう今週末だ。

必要なネイル用品は揃えておかないと。撮影現場なんてマジで想像がつかん。

「撮影、マジで楽しみだし！　カーラと一緒の撮影っ」

「おそろのネイル、仲良しアピって感じで良いデスよね」

「うん、マジでテンション上がるっ」

やっぱりネイルはモチベーションに影響するらしい。

きゃっきゃっと盛り上がる女性陣を眺めつつ――。

（プロの現場に、アマチュアの俺が行ってもいいんだろうか……）

そんなことを悩んでいた。

呼ばれたから行くだけ。悩んでもしょうがないのだが。

「あ、そだ、吾妻クン」

「？」

「さっきカーラと撮った写真、ＳＮＳにあげてもいい？」

「ああ」

そういえばなんかツーショット撮ってたな。

「仕事の宣伝もあるので、できれば使わせてもらえたらありがたいデス」

プロは宣伝も自分でしなきゃいけないのか。大変だな。

「まあ、構わないよ。ガレージの場所とか書かないなら」

「おっけー。絶対言わないっ。背景はボカしておくし、ここにネイル目的の子が来まくったらヤバいもんね！」

「じゃあいいかな」

それだけ対策してあれば大丈夫だろう。

「じゃあ、吾妻クン、明日ペディキュアで、今週末には撮影ね！」

「はいはい」

「また明日デース」

姦しくガレージから去っていく二人だった。カーラが、二倍の腕で手を振っていく。

サヨリが来てから、毎日が忙しい。やることもどんどん増えて、カーラのように知り合いも増えていく。

やることが多いのは、別に苦ではない。サヨリやカーラが喜んでくれるなら、できるだけのことはしてあげたいと思う。

けれどこれはやっぱり――。

（好きだからしてる——わけじゃなくて）

ただの使命感なのかな。

美人二人に、喜んでもらえて、調子に乗っているだけなのだろうか。

そんなことを、ふと考えて——考えても仕方ないなと、道具の片付けに戻る。

——この時はまだ、俺はきっと浮かれていて、目まぐるしく様々なことを頼まれるのが純粋に楽しかった。

モデルである彼女たちの影響力を、軽く考えていたのだった。

第五章　技能検定

サヨリとカーラ。二人への撮影用ネイルが完成した。

両手に塗った『星空イメージのネイル』と同じものを、足の爪にもきちんと塗っている。またサヨリは制服の下に水着だったが、まあ二回目なら動揺はしない。

撮影にやってきたのは、都内の撮影スタジオである。

なんとこのスタジオ、ビルの中なのにプールがある。なんとなく、特撮やドラマで、こんな背景を見たことがある——気もする。

改めてサヨリもカーラも、仕事としてモデルをしているのだと思わされる。

「はーい、二人とも、こっち向いて～！」

「イエーイッ」「ぴーす」

「めっちゃカワイイ～！」

カメラマンさんの声に合わせて、二人が仲良く写真に撮られている。

さっきから何十回とシャッター音がしているが、実際に雑誌に使うのはほんの一部なのだろ

The nail technician
of The DragonGAL!!

う。それでもスタッフ全員が、一枚一枚真剣に、撮影に挑んでいるのがわかった。

もちろん、撮られる側であるサヨリたちも。

「サヨリちゃん、そのネイル良いわねぇ〜、アップで写してみよっか」

おねえ言葉のカメラマンさんが、そんなことを言う。

「わかるぅ？　さすがぁ♪　撮って撮って〜♪」

「行くわよぉ、はい、全力スマイルで☆」

サヨリが、カメラに向けてネイルをアピールした。サヨリはネイルを褒められてご機嫌の様子だ。

（……良かったな）

さて。慣れない現場に来た俺はというと。

本職の撮影スタッフが、忙しく動き回る中、隅っこのほうに座って、小さくなっていた。持ってきたのは、プラ製の工具ボックス。

中にはネイルに必要な道具をありったけ詰め込んである。さすがに一から塗り直しはできないが、ネイルの補修や調整くらいならできるようにしてある。

まあ、とはいえ、よほどのことがない限り撮影現場でネイルを直すことなんてないと思うのだが——。

（本当についてくる必要、あったのか？）

サヨリにどうしてもと言われたから、わざわざスタジオまで同行したが、はっきり言って俺の出番はない。

さっきからスタッフさんたちにも、『この陰キャ誰？』みたいな目線で見られている——気がしていたたまれない。

いや被害妄想だ。サヨリに紹介されて、挨拶はしたんだから。

撮影現場には、カメラマンさんだけでなく、照明さんや、メイクさん、そしてカーラの事務所のマネージャーさんもいた。

一応、ネイリストという建前で来てはいるが、本職のメイクさんの横で、俺みたいな素人がそんな肩書きを名乗れるわけもない。

こっそり帰ってしまおうか、なんて一瞬でも考えてしまうあたりが、コミュ障陰キャのダメなところである。

「こんにちは」

などと逃避思考を巡らせていると。

テーブルの向かいに、さわやかな笑顔の女性が座る。

「どう、吾妻クン、撮影現場は？　居心地が悪そうにしてるけど」

「まあ、悪い——ですね。あんまり馴染みがないもので」

「あはは！　だよね！」

俺がネガティブなことを言っても、笑い飛ばしてすませる。

中性的な顔立ちは、男性モデルと言われても通じそうだが——彼女はサヨリたちが載るファッション誌の編集さんらしい。

この撮影現場でスーツを着ているのは彼女だけだ。

頭からは小さな角、スーツの背中からは、コウモリの羽根が伸びている。彼女もまた亜人なのだろう。

「私のことはサヨリちゃんから聞いてるんだっけ？」

「ええと……名前くらいしか。ミオちゃん、さんでしたっけ」

「ははっ、それでいいよ。好きに呼んでね♪」

ミオちゃんさんはウインクをしてくるが、ぶっちゃけ名前以外の情報がない。

電話越しにミオちゃんさんと話すサヨリの様子を見ていると、担当編集というのは大変そうだな——と思ったくらいだ。

「サヨリちゃんが人を連れてくるって聞いたときは驚いたけど、噂のネイリストくんだったなんてね」

編集さんはすっかり会話モードになってしまった。

なにを話していいかわからないが、とりあえず彼女の話を聞くことにする。とはいえ、雑談は苦手なんだよなぁ。

「サヨリちゃんがいつも話してるよ。プラモの技術で、ドラゴンの亜人にネイルしちゃうだなんて、すごいね？」

「いや、まあ、たまたまです」

カーラとも似たような話をしたな。

どれだけ俺のことを広めてるんだ、サヨリは。学校では俺がネイルやってることを友達にも話さないくせに。

「ネイルの勉強は自分で……」

「そう、ですね……ネットとか、見様見真似で。あとはサヨリからも色々教えてもらってますが、わからないことだらけです」

「そうなの？　サヨリちゃんとカーラちゃんのネイル、すごくキレイに塗れてたよ？　ムラもないし、仕上がりも抜群。ちゃんと勉強したら、すぐネイルサロンが開けるんじゃないかな」

「褒め過ぎですよ」

「いやいや、私、これでもファッション誌の編集だからね。見る目は確かだよ！　モデルの魅力を引き出すネイルなんて、そうそうあるもんじゃないよ？」

ミオちゃんさん、ぐいぐい来るな。

ファッションという華やかな世界の人だからか、コミュニケーションに躊躇がない。このあたりサヨリとそっくりだ。

「サヨリちゃんはね、いいよぉ。なにしろカリスマ性があるし、とにかく写真写りがいい！それに亜人のモデルは少ないからね、カーラちゃんみたいに、正式に事務所に所属してほしいんだけどなー」

「事務所所属じゃないと、プロではないってことですか？」

「うーん。フリーのモデルさんもいるから一概には言えないけどね。今のサヨリちゃんは読者モデル枠、あくまでアマチュア……まあ、本人の人気も高いし、私も連絡しやすいから、こうしてピンチヒッターをお願いするけど」

俺はちらりとサヨリを見る。

ビーチチェアに寝そべってポーズを決めていたサヨリは、俺の視線に気づくと、ひらひらと手を振った。ただし、手の甲を見せる形で。

ネイルアピールということだろう。

「サヨリちゃんはねえ、まだ学生生活を楽しみたーいって言って、プロのモデルになる気はないみたいなんだ」

「はあ」

「でも、ネイルができないことをずっと悩んでいたから、キミみたいに彼女の力になってくれる子がいると、私もとっても助かるよ」

「ど、どうですかね……」

もしや釘（くぎ）を刺されているのだろうか。

これからもサヨリのネイルをよろしく頼む――という。

「あ、ごめんね、キミに気負ってほしいわけじゃないんだけど」

「いや、今、プレッシャー感じましたよ……？」

無意識に心の距離をとってしまう。

「亜人のモデルは、まだまだ数が少ないからね。カーラちゃんもそうだけど、サヨリちゃんみたいな花のあるモデルが活躍してくれると、若い亜人たちに向けたエールになるし、亜人のファッションの幅ももっと広がると思ってる」

ミオちゃんさんは、かなりサヨリのことを買ってるようだった。

水着売り場で、亜人用の水着の数が少なかったことを思い出す。サヨリのように、あれこれ着てみたい女子には死活問題かもしれない。

「ファッション誌の編集者としては、サヨリちゃんみたいなモデルを大事にしたいんだ。彼女が撮影を楽しめることが、雑誌の完成度につながると思ってる」

「そ、そういうもんですか」

「ネイルはきっと、そのために必要なんだよ」

「――――」

俺は黙り込んでしまう。

まだまだ勉強中の自分に、そんな大それたことができるだろうか。

やってることと言えば、ネイルを塗るだけ。

それでいい、とミオちゃんさんは言うだろう。

それがいい、とサヨリだったら言うかもしれない。けれど。

俺は、まだまだ――。

「ふふっ♪」

俺が悩んでいると、ミオちゃんさんがニヤニヤし始めた。

こういう笑い方、サヨリにそっくりである。大体、この後になにか頼まれるので、俺は無意識に警戒してしまう。

「な、なんすか」

「だって今、自分はサヨリちゃんになにができるだろうか、って顔してたよ？　ふふっ、いやあ、向上心のある若者っていいなぁ！　お姉さん、感動しちゃうよ！」

「うっ……」

年上特有の絡み方、苦手だ。

「そんなキミに、こういうものを紹介したいんだけど」

「？　これは――」

ミオちゃんさんが取り出したのは、薄い小冊子だった。『ネイリスト技能検定試験・試験要項』と書かれている。

「技能検定……ですか？」

「そうそう、キミはネイリストの資格についてご存じかな？」

「いや、全然知らないです。資格なんてあったことも」

「ふふっ、そうだろうね。ただポリッシュを買って塗るだけなら、きっとおしゃまな小学生でもできてしまう。塗るだけなら――ね」

ミオちゃんさんはどや顔で、頬杖をついた。

「けれど、もしプロのネイリストとしてお金を稼ぎたい、ネイルサロンを開業したり就職したいとなれば、資格も必要だろう？」

「国家資格……なんですか？」

「いいや、民間の法人がやってる――ここだね」

ミオちゃんさんが、冊子の隅を指す。そこには資格を認定する団体の名称が記されていた。

「いくつかの団体がネイルに関する資格検定を実施しているけれど、有名な団体の一つが、この日本ネイリスト検定試験センター。ＪＮＥＣと略されることが多いね。ネイリスト検定１級から３級まである」

「結構、本格的な資格なんですね……難しそうですが」

「はは、実技もあるし、見方によっては学校の試験より大変かもしれないね？　検定を受ける

には、ネイルを受けてくれるモデルを連れていく必要があったりする。まあキミの場合、協力者には事欠かないかもしれないが――」

ミオちゃんさんは、ちらりと撮影中のサヨリを見る。

「ただ、この資格、最初に受ける３級ならば独学でも合格できる……と言われたりしている。要項にも書いてあるけど、義務教育――中学校さえ卒業していれば３級を受験できるから、もし興味があったら検討してみてほしいな」

「はあ」

「本屋の資格試験のコーナーに、この検定の教本も売っていると思うよ」

興味は――正直、ある。

プラモデル制作には、資格も検定もない。基本的には誰もが独学だ。

一方、ネイルには、こうした客観的な評価を得るための資格がある。きちんと勉強して、それをサヨリのネイルに活かせるなら、悪い話ではないように思えた。

なにしろ読者モデルなのだから、誰もが納得する腕前の人間に、ネイルをしてもらったほうがいいだろう。資格はその良い指標になる。

「あ、勘違いしないでほしいんだけど、これは強制とかではないから」

「？」

「もちろん、キミが資格を取ってくれたら、今よりもっとサヨリちゃんを輝かせることができると思う。でも、勉強だってコストがかかるし、受験料だけでも決して安くはない。あくまで、オススメ、こういう資格もあるよって教えただけね」

　ミオちゃんさんが、ウインクをしてくる。

　この人、本当にモデルじゃないのか？　所作（しょさ）の一つ一つがやたら様（さま）になっている。女性からモテる女性、というイメージだ。

「一応、ジェルネイル検定というものもあるよ。どちらもできると、さらに表現の幅が広がるだろうね」

「あ、ええと――ありがとうございます」

　慌（あわ）てて頭を下げる。

　どうやら彼女は、ただ俺に検定を紹介しに来てくれただけらしい。

「いやいや、キミが本当に、サヨリちゃんのネイリストになってくれたら、私も嬉（うれ）しいし――君にお仕事を頼める日が来るかもしれないしね？」

「いや、そんな――」

　いくらなんでも買いかぶりすぎだろう。

「編集の人を見る目を舐（な）めちゃいけないよ。楽しみにしてるね」

「は、はは……」

　もしかしてこれは、将来的な成長への期待も含めて声をかけられた、ということなのか？

ネイリストになる。

将来なんて考えたこともなかったけれど、目の前のネイリスト検定の要項を見ると、とたんにその選択肢も現実味を帯びてくる気がした。

（いやいや）

まだ俺は、趣味と友人付き合いの延長で、ネイルをやっているに過ぎない。

どうなるかなんて、まだまだわからないのだ。じっくり考えてみよう。

「吾妻クーンっ、ごめーんっ！」

などと思っていると、水着姿のサヨリがこっちに走ってくる。

資格のことばかり考えていて、サヨリのほうを見てなかった。

サヨリがプールサイドを走ると、胸と尻尾が揺れているのが目についてしまう。ペディキュアを塗った時にも見てはいるのだが、改めて撮影現場で見ると刺激が強い。

「足ぶつけちゃってぇ！　ペディキュア剝がれたかも！」

「わかったわかった、見てみるから……」

そう簡単に剝がれるものでもないはずだが、どこにどうぶつけたんだ。

プールサイドの椅子に座ったサヨリは、足を伸ばしてくる。彼女の足元に座って、ぶつけたという親指辺りをチェック。

「ああ、ここだな」

トップコートに少しキズが入っていた。これくらいなら上から塗り直せば済むだろう。

俺は持ってきたプラケースから、トップコートを取り出す。補修作業はすぐに終わった。

「乾くまで動くなよ」

「はーい――あ、ミオちゃんとなんか話してたよね？　なんの話？」

「ああ、ネイルの資格のこととか」

「あー、ミオちゃんめっちゃ詳しいんだよ！　なんかぁ、メイクの資格も持ってて、昔はモデルさんのメイクもしてたんだって！」

「なんでもできるなあの人……」

ちらりとミオちゃんさんを見ると、サヨリの足にひざまずく俺を微笑ましそうに見つめていた。

青春だねえ、なんて声が聞こえてきそうだ。いや俺の勝手な思い込みだが。

「アタシもね、ミオちゃんに色々教えてもらって……」

「わかったわかった、近い近い」

どうしてこいつは話す時にすぐ顔を近づけるんだ？

おかげで、プロにメイクされた美貌が近いし、胸も一緒に迫ってくる。サヨリの足元にいるからなおさら、胸の揺れが目の毒だ。

「ほら、もう乾いたぞ。行ってこいよ」

「はーいっ。じゃあ吾妻クン、見ててね！」

「はいはい、見てるから」

本当は目のやり場がないのだが、見てないなどと言えばサヨリが機嫌を損ねるだろう。

ふう、と息を吐きながら、俺はビーチテーブルの上にある検定要項を眺める。

（資格、か――）

少しだけ悩んだけれども。

結局俺は、ミオちゃんさんからもらった検定要項を、自分の荷物の中にしまう。

（どうしたものかな）

なんとなくミオちゃんさんの思い通りに動いている気がした。大人の手のひらの上ではあるが、別に嫌な気分ではない。

ネイルがもっと上手くなりたいという気持ちに、偽りはないから。

――その後。

サヨリとカーラの撮影はつつがなく進行した。やっぱり俺、ついてくる必要なかったんじゃないか、とも思いつつ。

「いえーい、アタシすごかったっしょ、吾妻クンっ！」

「ああ、すごかったな。さすがモデル」

「でっしょー！　いえい♪」

サヨリがテンションを上げて喜ぶ姿を、生で見れたのだから、まあいいか——なんて思えるのだった。


プールでの撮影から数日が経つ。

俺は放課後、ガレージに行く前に本屋へ立ち寄って、資格検定の本を探していた。

（ネイリスト検定……あった、これか）

ミオちゃんさんが言っていた検定の教本は、すぐに見つかった。

中身をぱらぱらとめくってみる。ネイリスト検定の要項に始まり、道具の扱い方や、施術の行程。ネイルとハンドケアの基礎知識。

さらにはテーマに沿ったネイルアートができているか、などをチェックされるらしい。

（……本格的な試験に見えるけど）

本当に、独学でどうにかなるのだろうか。

一応、教本はかなり親切な内容であり、それらの試験項目について写真つきで詳細に解説してあった。

（まあ、当たり前だけど、あくまで人間用のネイルだな）

ハンドグラインダーの使い方なんて書いてない。

改めて、とんでもないやり方でサヨリの爪を塗っていたんだな、と思う。サヨリにはそれしかネイルする方法がなかったのも確かだが。

教本には、爪への安全性、病気などの知識。そして、他人の手指に触れて、それを扱うことについての心構えまで書かれていた。

まかり間違っても、プラモ用道具で爪を削っても良いなんて書かれていない。

（基礎知識知らずに、応用してたわけだもんな……）

十分、気をつけていたつもりだが。

もしサヨリが怪我をしてしまったら、ネイルどころではないかもしれない。

（……買っておくか）

試験を受けるかどうかはまだ悩んでいる。

しかし、検定の教本に書かれている知識は、今の俺に必要なものだと感じた。

本を買ってから、ガレージへ。

いつもの作業机に座って、教本をぱらぱらとめくっていた。読み落としのないように注意しながら。

「あっ、づま、クーンッ！」

数ページ読んだところで、怪獣、もといギャルが襲来してくる。

聞いたことのないイントネーションでガレージの扉を開けてきた。

「はいはい、らっしゃい」

ラーメン屋の店主みたいな応対になってしまった。

教本を脇に置いて、目の前に座るサヨリを見る。

「撮影、来てくれてアリガトねっ！　ミオちゃんも、吾妻クンのことめっちゃすごい、仕事できそう～って言ってたよ！」

「ど、どうも……」

陽キャって褒め上手しかいないのか？

こっちは褒められ慣れてないので、どんな返しをしていいかわからん。

「また撮影に連れてきてって言われて。だから吾妻クンさえよければ、一緒に――」

「？」

サヨリの目が、作業机の上に置いたままの教本に向けられた。

「それ、ネイリスト検定のやつ？　吾妻クン、資格とるのっ！」

「あ、いや、まだ考え中……」

「そうなの？　吾妻クンなら絶対受かるよ！　アタシが保証する！」

「だからまだ受けるかどうか決めてないって」

相変わらず、話がどんどん進んでいく。

「ミオちゃんさんから、検定のことを教えてもらったからな。検定を受けるかどうかはともかく、基本は知っておこうと思って」

「うんうん、吾妻クンならすぐ覚えられるよ！　もうネイリストだね！」

「気が早い……」

「あーッ!?　しまっちゃうの!?」

サヨリがうるさいので、検定の教本は、雑誌を並べてあるマガジンラックにしまった。

「まあ、とりあえず勉強はしていくつもりだから、あんまり気にするな。それで、今日はどうするんだ？」

「うーんとね、カーラはまだこのネイルしてたいって言ってたけど、アタシは早めに落としておこうかなって」

「いいのか？」

「うん！　アタシの場合は、あくまで撮影用ってことで！」

「わかった。じゃあ、今日はネイルオフして、また今度、新しい色を塗っていくか」

「はーい」

リムーバーを使って、サヨリのネイルを落としていく。

この辺りはもうすっかり慣れたものだが、検定の教本を読めば、また新しい発見があるかもしれない。体系的に学ぶのは大事だし。

改めて復習のためにも、教本を読んでおこう。

「あ、ねえ、吾妻クン」

「？」

「ちょっと思ったんだけど、最近プラモ作ってる？」

「……んん～」

作業中なのでどうしても生返事になる。

「一応、作ってるよ。ネット依頼のヤツとか、ネイルの空(あ)き時間に……」

「そうなの？　でも……あの、棚に飾ってるのは？　あれ、吾妻クンが自分のために作ってるんでしょ？」

「ショーケースに入ってるのは、特によくデキた……雑誌のコンテストとかに応募するヤツだし……」

そういえば。

サヨリと初めて話したきっかけも、雑誌にプラモデルが載ったからだったな。

「まあ、自分のためのプラモは最近、作れてないけど、そのうち作るとは思うよ」

「──そっか」

「プラモがどうかしたのか？」

「ううん、なんでもない。ごめんね、変なこと聞いて！」

プラモに興味があるのだろうか。

いやでも、今までサヨリと話しても、彼女の興味の対象はネイルとかコスメとか服とか、そういうギャルっぽいものが多い。

　作ったプラモを褒めてくれることはあるが。

「資格の勉強、大変そう？」

「いや……ええと、多分、3級だけなら本読みつつ練習していけば、なんとかなる」

「えっ、すごくない？」

「3級はあくまで基礎ができてるかどうか……みたいで。でも1級になるともう、爪に花とか果物のパーツとか載せて、マジでアートって感じだ。あれをやるなら、ちゃんと専門的な勉強をしなくちゃダメだと思う」

「あ、それ、アタシも見たことある。マジでヤバいよね！　吾妻クン、デキそう!?」

「さすがに今の技術じゃ無理かな……まあ、下地処理はしておくから、そのあとちゃんとしたネイリストさんのとこに行けばできるだろ」

「ええ～、やだぁ～！　吾妻クンにしてもらうのがいい～！」

「ワガママだな……」

　そんな話をしているうちに、サヨリの撮影用ネイルを剝がし終える。

　苦労して塗ったのに――と思わなくもないが、それよりもサヨリの次のオーダーが楽しみである。

　どんなネイルをしてあげられるだろうか。

「ねえ、吾妻クンさ」

「ん？」

サヨリが、ネイルを落とした爪を眺めながら、ふと。

「本当に、ネイリストになっちゃう？」

「………どうかな」

自分がどうしたいのか、まだわからない。

「でも、ネイルは楽しいから。将来の道の一つとしては、アリなのかもな」

「そうなの？」

「プラモデルだけで食べていくのは難しいし……資格がもしあったら、手に職って感じで、選択肢も増えるかも」

「うわぁ、将来のことちゃんと考えてる……まじエラーい」

サヨリが頭を抱えだした。そっちが聞いておいて、この反応は何なのか。

「そういうサヨリは、モデルになるのか？」

「えー？　どうかなー？　カーラやミオちゃんと撮影するのは楽しいけどー……プロになるのは、なんか違うかもー……って」

「じゃあ、なにならいいんだ？」

「んん〜、お嫁さん？」

「進路希望に書いて怒られるヤツじゃないか」

「ぶー」

どうやら進路に関して、サヨリはノープランのようだった。

唇を尖らせて、ふてくされるサヨリ。

まあ、こんな他愛ない話も、学生らしくはある。どうせいずれはちゃんと向き合わなくてはいけないのだから。

今くらい、未来を好きに語ってもいいだろう。

「ネイルサロンを本当に開いたら、来てくれるか？」

冗談めかして言ってみる。もちろん、そんな気はない。

ただ、サヨリなら当然とばかりに頷くだろうと思っただけだ。

「あ……うん、行くよ、きっと」

「？」

おかしい。いつものサヨリなら、絶対行く！　とか過剰なほどに言うのに。

サヨリにとってみても、俺がサロンを開くなんて変な話に思えたのだろうか。まあそりゃそうか。女性が好みそうなもの、わからないしな。

陰キャが夢を見るのも、ほどほどにしておけ、ってことかもな。

「いや、サロンはあくまで冗談だから。それより次、どんなネイルにするか考えとけよ」

「あ、うんっ、今日はアリガトっ、吾妻クン」

帰り支度を始めるサヨリである。

資格もサロンも、まだまだ考え中ではあるが——今はまだ学生だし。

しばらくはガレージで、ゆっくりサヨリと次に塗るポリッシュのことを考えるくらいで丁度いいのだろう。

そんな風に思えてしまった。今を肯定できるのは、きっといいことだ。

「じゃね、吾妻クン！　また明日！」

「ああ、また明日」

たったそれだけのやりとりで、明日もサヨリがガレージに来ることが確定する。

進路ノープランの俺たち学生は、明日のことだけ考えるのがいいのかもしれない、なんて思うのだった。


——そう思っていたのだが。

その『明日』は、唐突に危機に陥った。

「肇。話がある」

「——父さん？」

ガレージから自宅へ帰るなり、父親が眉根を寄せて話しかけてきた。

この顔の父は苦手だ。大体、叱られるときだから。

「なにかあったの？」

父は声を荒らげて叱るようなタイプではない。

ただ、とうとうと理詰めでこちらの非を指摘するので、反論も言い訳もほぼ無意味となる。悪いのは自分だとしても、こういう時の父は大の苦手である。

「座りなさい」

「う……」

ダメだ、本気で怒っている様子だ。

父は厳格な顔つきで、俺の顔をまっすぐに見てくる。

「肇。今日、父さんの職場に、電話がかかってきた。私が電話にでると、そちらでネイルをやっていますか、という問い合わせだった」

「……は？」

間抜けな声がでた。

ネイルの問い合わせ――が、なんで父さんの職場に？

「もちろん、ウチは車の工務店ですと答えたが……ただの間違い電話ではないことは察しがついた。肇もわかるだろう？」

「俺が……ガレージで、ネイルをしてるから？」

「そうとしか考えられないだろうな」

唖然とする。

確かに、父の務める工務店に、ネイルの問い合わせがいく――関連があるとすれば、俺がガレージでサヨリにネイルをやっていることくらいだ。

だが、どうして？　誰が？

「肇はガレージで、女友達にネイルをしている、と言っていたな」

「あ、ああ……」

「その友達というのは、一人か？」

「サヨリ……えっと、その友達と、その子が連れてきたもう一人にネイルしてあげた。ガレージには他に誰も来ていない」

「学校で噂になっていたりはしないのか？」

「学校では、ガレージのこともネイルのことも話してないよ」

まるで尋問のように父が聞いてくる。

「では、あのガレージでネイルをしていると知っているものは他にいないのか？」

「いない……はず」

たとえば、ミオちゃんさん。

彼女ならサヨリから聞いて知っているかもしれないが――だからといって彼女が、父の会社に問い合わせたりはしないだろう。

「ふむ。不思議だな。どこから聞いたのか、電話してきた人に尋ねておくべきだった」

父の顔は、変わらずいかめしい。

「……肇。わかっているとは思うが、あのガレージは基本的に父さんが、仕事で車を扱うための場所だ」

「う、うん。もちろん」

「表の看板に、父さんの務める二務店の名前、電話番号も書いてあるのは知っているな。誰かが、その看板を見て、工務店でもネイルをしてるのだと勘違いをした——そういうことだと、父さんは思っている」

「…………」

「そんな勘違い、普通はしないだろうと思うのだが——なにしろ、電話の声はどうも子どものようでね。肇と同じくらいか、もっと小さいかもしれないな」

なるほど、だから父は最初に、友達の人数や、学校での噂を聞いてきたのだ。

俺と同年代の人間から、電話がかかってきたと判断していたから。

(けど、一体誰が……)

俺は、最近会った出来事を思い出していく。

サヨリとカーラの水着撮影——は、ガレージと関係がない。俺もあの場では、ガレージの話なんて出していない。

　サヨリはネイルしてもらったことを言いたがらない。

　カーラが誰かに話したのだろうか。絶対にないとは言えないが――ネイルのことを誰かに紹介するなら、カーラは俺の許可を求めるような気がした。少し話して、そういう誠実さがあることはわかっている。

（あとは……）

　サヨリとカーラが、お揃いのネイルを、ＳＮＳにあげると言っていたような。

（いや、でも、背景ぼかすって言ってたし……特定なんてできるか？）

　背景がガレージの事務室だなんてことさえ、わからないのではないか。しかし、他に心当たりがない。

　こんなことなら、写真をチェックさせてもらえばよかった。

「肇」

　俺が考えこんでいると、父が言葉を重ねる。

「ガレージの使ってない部分を、息子に貸すことについては、社長からも理解してもらっている。ガレージそのものは私の持ち物だからな。しかし」

「う、うん」

「ネイルを始めたことで、会社に問い合わせが来てしまうと、私ももう、自由に使っていいとは言えなくなってしまう」

　父の言い分はわかる。

　勘違いだろうがなんだろうが、父の会社に影響があるなら、気楽に貸すことはできないという判断だ。

　そもそもが厚意で貸してもらっている以上、俺の立場からはなにも言えない。

「今のところ、職場になにか迷惑がかかっているわけではない。しかし、今後もなにもないとは言い切れない。そうしたリスクがある状態で、ネイルというものを続ける許可は出せない」

「でも、父さん――」

「プラモデルを作っていた頃は、こうしたことはなかった。だからプラモは作り続けて構わない。だが……」

　父はこちらの話を聞く様子を見せなかった。

　もう決まったことを伝えているだけなのだ。

「友人の女子には申し訳ないが、彼女たちを呼んでネイルをするのは、もう止めにしなさい」

　あのガレージで、もうネイルができない。

　それを聞いたら、サヨリはどんな顔をするだろうか。

「……お前が楽しそうに話していたから、こんなことを言うのは可哀想だと思うが、どうしようもないことだ」

「っ」

サヨリに初めてネイルをやってあげた時、それができたのは、俺だけだった。

あのガレージしかなかった。

今では、きっと他のネイリストでも可能だろう。ガレージで見つけた技術を応用すれば、プロならすぐ、サヨリにネイルをしてくれるはずだ。

だけど。

アイツは、俺のネイルが良いって言ったから——。

「ちょっと、時間をもらえるかな、父さん」

「時間？」

「それは構わない。しかし、なるべく早く説明しなさい」

「道具の片付けもあるし……それに、サヨリ——女子たちに説明する時間も欲しいから」

あまり時間はとれないようだった。

「わかった。急ぐよ。あと——なにが起きたのか、俺のほうでも調べていい？　さすがにおかしいだろ、ガレージのこと知ってる人間は全然いないのに、父さんの職場に電話が行くなんて」

「それはいいが……」

父の眉間のしわが、わずかに緩んだ。父も困惑しているようだ。

「もし、詳細な経緯がわかったとしても、また許可を出せるかどうかは別の問題だぞ」

「それでもいいよ。納得したいだけだから」

「なら、できる範囲でやりなさい」

父は厳しいが、けっして理不尽ではない。

俺が納得すればそれでいいと考えたのだろう。父なりの温情だ。

「だが三日後には、友人への説明と、片付けを始めるように」

「……わかった」

サヨリとカーラに、なるべく早く経緯を説明しなくては。

ガレージが使えなくなると知ったら——サヨリはどんな顔をするだろうか。

サヨリに、大事な話があるとメッセージを送る。スマホを操作する指先は、今までのどの作業よりも、重くて不器用だった。

さっき別れたばかり。『また明日』がこんな形になるとは、俺もサヨリも予想していないのだった。


「ええっ!?　ガレージが使えなくなんの!?」

翌日。

俺はサヨリとカーラを学校近くのコーヒーチェーンに呼び出して、経緯を説明した。

サヨリは思いもしない事態に、目を丸くしている。

そういえば——今日は改めて別のネイルをするはずだったな。ガレージで会えたかもしれないのに。

父から、ネイルをやるためならガレージを貸せないと言われてしまった以上、その説明をするためであっても彼女たちをガレージに呼ぶのは避けたほうが良いと考えた。

「すまん。元々、父から借りてるから……」

「う、うん、それはしょうがないよね。でもさ、なんでお父さんの会社に電話があったんだろうね？　アタシ、場所なんて書いてないし」

サヨリがスマホを見せてくれる。

ガレージで撮った、カーラとのツーショット写真。背景はぼかされ、キラキラしたエフェクトでどこにいるかはわかりづらくなっている。それでいて、サヨリたちが示したネイルは解像度高く浮き上がって見えるような写真だった。

さすが、モデルをよく見せるための写真加工は熟知しているらしい。

「こんな写真じゃ、ガレージのことなんてわかるはずないよ。電話番号だって書いてないしさぁ」

「だよな……」

「うう～、な、納得いかないぃ……あのガレージ、好きだったのに」

サヨリが尻尾を震わせる。納得いかない感情の表れなんだろうか。

俺専用の作業室だったはずのガレージが、いつの間にかサヨリにとっても大事な場所になっていた。

本当に――どうしようもないのだろうか。

「てか、カーラ！　さっきから何してんの！」

サヨリの隣に座るカーラは、ずっとスマホを操作している。四本腕を自在に使う独自の操作法で、もはや複雑な指先の動きは目で追えない。

「ん。ウチらの写真だけからの特定はアリエナイんで……SNS検索してマス。エゴサ、タグ検索……イロイロ……」

ぴた、とカーラの指の動きが止まった。

「みーつけタ」

カーラが自分のスマホを見せてくれる。

それは、一つのSNSの投稿だった。写っているのはガレージを外から撮ったものと、扉から丁度出てくるサヨリとカーラの写真である。

ガレージの外観を撮られているので、会社名の入った看板もしっかり写りこんでしまっている。

「はあぁぁッ!?　なにこれ、勝手に撮られてる!?」

「うん、タグを見ると……カーラちゃん発見……ネイルかわいい……サヨリちゃんと一緒……

ここネイルサロンもやってるんだ……あちゃぁ、完全にこのガレージにいたとこ見られてマスね」

「盗撮じゃんこんなの！」

しゃー、とサヨリが怒りだす。今にも火を噴きそうだ。

「勝手にこんな……ざっけんな！」

「まあまあ、サヨリ、落ち着いて」

カーラは自分で、人気があるモデルだと言っていた。

サヨリだって、ミオちゃんさんから評価されている。それなりのファン——ちょっと過激なファンがいたっておかしくはない。

「ストーカーってことか？　危ないんじゃ……」

「んん～、このアカウント、多分なんデスけど、まだ小中学生かと思いマス。ウチらのおっかけしてるわけでもなさそう……」

カーラは、スマホを操作して詳細を調べていく。

「他に撮られてる写真もないデスね。ということは……ウチの想像ですケド、ファンの子がたまたま通りがかって、ガレージから出てくるウチらを見つけた。サヨリのSNSを見たら、なんと丁度、二人でおそろにしたネイルの写真があがってる……」

「あ」

サヨリのあげた写真も一因になってしまったのか。

「まだ小さい子で、ネットリテラシーがないから、あのガレージでネイルをしたんだと気づいて、嬉しくなっちゃってSNSにあげた……とかデスかねぇ？」

「悪意はない……ってことか？」

「ぜーんぶ仮定の話デスが。でもガチのストーカーなら、自分の盗撮写真、ネットにあげたりしないデスよ。自分で楽しみマス」

ガチのストーカーを知ってるみたいな言い方で怖い。

カーラはプロのモデルだし、そうした被害を知る機会もあったのだろう。

「亜人のオシャレって難しいから、亜人モデルは同族に人気出るんだよね……この写真撮った子も、亜人かなぁ。あんまり責めたくないけど……」

サヨリが、眉を下げて呟いた。

サヨリ自身もオシャレに苦労していたし、ネイルができない悩みもそれに類するだろう。

「まあ、この写真を撮った本人が、父の会社に電話してきた——有り得るか」

「あるいは、この写真が拡散されて、それを見た同年代の女の子か、デスね。どのみち、投稿は削除してもらわないといけないデス」

カーラは再び、四本腕でスマホを操作していく。

「今、ウチの事務所のマネージャーと、雑誌の編集さんに連絡しマシた。悪気はなさそうですし、ま、事務所から直接投稿者に連絡してもらえば、すぐ拡散も収まるでショ」

「見たところ、そんなに広がってる感じでもないしね」

「小さい子のアカウントデスからね。いやー、大拡散からの大炎上じゃなくて良かったデスね」

カーラは気楽に言う。

いや、拡散炎上で一番被害を受けるのは、事務所モデルのカーラだと思うのだが。

「……ファンがいるのは、嬉しいけどさ」

サヨリがぽつりと呟く。

「こういうのは、やっぱ良くないよね。吾妻クンにも迷惑かかってるし」

「いや、別に俺は迷惑とかじゃ」

悪意のない投稿。おそらく年下の女子の仕業(しわざ)。そう言われるとあまり怒る気にはなれないのだが――。

「ダメ。お父さんの会社に電話とか、絶対ダメでしょ。アタシたちがやってたネイルとは、関係ないのに……」

「……そうだな」

サヨリは俯(うつむ)く。

カーラも一口、カフェオレを飲んでから。

「ウチの事務所から警告して、多分、削除はしてもらえるはずデス。でも、その経緯を説明して……お父さん、引き続きガレージを貸してくれそうデス？」

「――ダメだと思う」

俺は首を振った。

「一旦、投稿が削除されても、拡散のリスクがなくなるわけじゃない」

「ネットの画像は、一度出てしまうと、情報を消すのが大変デスからね」

「それくらいは、ウチの父もわかってるからな。また会社に問い合わせがくる可能性があるうちは、ダメだと思う」

「デショうね」

カーラはどこか達観していた。残念そうではあるが、わかっていた、という感じ。

一方、サヨリは今にも泣きそうだった。悔しさと悲しさで、唇を嚙んでいる。

「もう、ガレージ、行けないんだね」

「すまん」

俺が謝ってしまうと、本当に行けないことが決まってしまう。

それでも、俺はそう言うしかなかった。カーラのおかげで経緯が判明しても、父を説得できるほどの材料はなかった。

「ううん。しゃーないよ。吾妻クンのせいじゃないし」

「本当に、すまん」

「気にしないで。元々はさ、私のワガママだったんだし……」

父に頼んで借りていた場所なのだ。

父がダメだというなら、それに従うしかない。

「でも、あのガレージじゃなくても、ネイルはできるから――」

「ううん。そしたらまた、吾妻クンの迷惑になるかもしれないし、無理は言えないよ。しばらく時間を置いて、様子を見たほうがいいっしょ」

「それは……」

サヨリの言う通りである。

今はいったん、ネイルから離れたほうがいい。お互いに。

「誰も悪くないから、ねっ！　しかたないからっ。だからこの話は終わり！　はーっ、ヤバいヤバい、重い話したらノド渇いちゃったっ」

「…………」

サヨリが話題を変えて、アイスティーを飲む。

無理して、明るい態度をとっているのは明らかだ。痛々しい笑顔のサヨリに、けれど俺もなんと声をかければいいのかわからない。

「そうだな。喉……渇いたな」

俺もまた、そんなことしか言えず、苦いコーヒーを飲みこむのだった。

結局。

俺は、ガレージでのネイルを諦めた。

父に言われた通り、道具を片付けることを決めた。

どうにかしたい気持ちはあったが――父の説得ができない以上、どうにもならない。

サヨリとカーラを盗撮した投稿は、あれからすぐに削除された。カーラの所属事務所から連絡が行ったのだろう。

俺から、父に経緯を説明してみたが、結局、父の考えが変わることはなかった。リスクが去っていないとの判断である。

「…………」

学校で、クラスで、サヨリはいつも通りだった。

落ち込んだ様子は見せない。いつも通り、友達に囲まれている。

だが、サヨリが爪につけているのは、俺が最初にサヨリに作ったネイルチップだ。それもそのはず、サヨリはポリッシュを塗れていない。

サヨリとカーラに、ネイルができないという話をしてから、もう一週間。

以前は、三日と置かずに、ガレージに来ていたサヨリ。撮影のあった週なんて、ほぼ毎日だった。

それがもう一週間、ガレージに来ていないのだから。

彼女のネイルはどうなっているだろう。そろそろグラインダーで削らないと、また塗料の乗らない爪になってしまう。

チップで満足できるだろうか。

いや、そんなはずはない。あれだけネイルにこだわりのあるサヨリなのだから、最初に作ったネイルチップだけでは満足できないだろう。

サヨリ風に言うなら、テンションが上がらない、というヤツだ。

「────」

でも、どうしようもない。

もうガレージでネイルはできない。サヨリに伝えたのは俺だし。

サヨリもそれを聞き入れて、今はガレージに来ないのだ。

(チップの下の爪、どうなってるかな)

サヨリのことを知る前だったら。

五島(ごとう)サヨリが友達と笑っているのを見ても、そのままに受け取れただろう。明るくて悩みなんてなさそうな、自分とは全然違うタイプだと思っていたから。

だが、今は違う。

彼女にも彼女の苦悩がある。どれだけクラスで楽しそうでも、内心では爪を塗れないことに悩んでいるはずだ。

ネイルができないというのは、人によっては大したことじゃないかもしれない。けれどサヨリにとっては特大の悩みであることを知っている。

なら、俺は——なにをしてあげられるだろうか。

「おい、吾妻、顔、顔」

宮部(みやべ)が、驚きながら俺に言ってきた。

「なんでそんな怖い顔してんだ」

「ああ、ちょっと……考え事を……」

「おっ、新作のプラモか？　次の作品できたら、見せてくれよ」

「そうだな、作ったらな」

宮部には悪いが、今は新作を組むような気持ちになれない。

サヨリが、ふとこちらに目を向けた。

サヨリになにもしてあげられないのが悔しくて——俺はついつい、彼女から視線を逸(そ)らすのであった。


ガレージにサヨリたちを呼べなくなっても。

俺は放課後、ガレージへと通っていた。俺の出入りは禁止されていないし、やることもあるからだ。

「ネイル道具――片付けなきゃな」

父からは、早めに片付けるように言われている。

しかしどうにも億劫で、結局、一週間経っても、ネイル用品はそのままである。いい加減、整理しなければ父に怒られる。

整理しやすい道具類は、プラケースにでも入れて持ち帰ればいいのだが――。

サヨリが通ってくるとわかって用意したソファや椅子、見栄えのいいテーブルクロスや、少しだけオシャレな卓上ライトなどはどうしたものか。

俺の部屋には置きづらいので、裏の倉庫にまとめて置いておくしかないだろう。

「……はあ」

考えこむと、手が止まりそうになる。

俺はため息をつきながらも、それらのネイルサロン的な品物を一つ一つ、倉庫へと運び込んでいく。

だんだんとガレージが、一人で使っていたころ。

黙々とプラモデル制作に没頭していた時と同じ光景に変わっていく。

（……いつまでうじうじ考えてんだよ、俺は）

別に、サヨリが来る前に戻るだけだ。

俺とサヨリは、本来、全然接点がないのだから――元に戻ったって、辛いことなんてないはずだ。

そのはずだったのに、どうしても。

もっとサヨリにネイルをしてあげたかったと、思ってしまう。

「あ」

片付けをしていて、気づく。

サヨリがガレージに持ってきた雑誌が、そのままである。全部置いていきやがった。

「さすがに捨てるのは――マズいか。学校で返すしかないか……？」

この雑誌を返したら、またサヨリは辛そうな顔になるだろう。

ネイルの情報はもう要らない、と宣言するようなものだ。だからといって、俺がずっと持ってるのも――。

「っ！」

そして、気づく、
サヨリの雑誌を放り込んでいたマガジンラックに、雑誌ではない本があることに。

それはネイル検定の教本だった。

資格――試しに挑戦するのも、アリだったかもしれない。だがサヨリにもうネイルできないとなると、あまり意味がないのかも。

（資格……勉強……）

——本当に？

ふと、頭にアイデアが浮かぶ。資格検定を理由にすれば、ガレージを引き続き、使わせてもらえるんじゃないか？

ずっと重かった頭が、急に軽くなった気がした。

プラモデルを夢中で作っているときのように、頭が冴（さ）えわたって、熱を帯びてくる。

「……っ！」

俺は片付けを中断して、ネイリスト検定の教本を読み始める。

頭の中で、どんどん、父を説得するための材料が浮かんできた。これならいける、と確信を持つにいたるまで、そう時間はかからなかった。

（これなら——いけるんじゃないか）

まだ、ネイルを続けられるんじゃ。

俺は気づくと、サヨリとカーラにメッセージを送っていた。明日にでもガレージに来てほしいと。

まだ、アイツのためにできることがある。

たったそれだけのことが、俺は無性（むしょう）に嬉しいのだった。

「お、お邪魔しまぁ～……す」

次の日の放課後。

ガレージでサヨリたちを待っていると、おずおずとサヨリが入ってきた。

「サヨリ、前はそんなんじゃなかったでショ」

「だ、だってさ！　アタシたち、出禁になっちゃってるはずでしょ！　吾妻クンに呼ばれたから来たけど……やっぱ気まずいって！」

「呼ばれたから来たんデスよっ　ほら入って入って」

「ちょ、カーラ！　四本腕で押すなし！」

カーラがサヨリを強引に中に入れる。待っていた俺と目が合った。

「あー……吾妻クン、えっと、ちゃんと話すの十日ぶり、くらい？」

「そうだな。久しぶり」

十日で久しぶりというのかどうか。

でも、ほぼ毎日ガレージで会っていたときと比べれば、確かに久しぶりではあるだろう。

「サヨリたち、同じ学校じゃないんデス？」

「……だって、吾妻クン、学校じゃ話してくれないんだもん。それに、ガレージ来れないから、声かけたら迷惑かなって」

「あら～。お年頃」

「なにが!?　ちょっとカーラなに笑ってんの！」

　明らかに気まずそうなサヨリとは対照的に。

　カーラは一見すると、普段と変わらない様子ではある。元々、飄々（ひょうひょう）としているタイプなので、何を考えているかわかりづらい。

「で――その、吾妻クン、なんかあった？」

「ああ、父さんに、ガレージでネイルできるように頼んでみようと思って」

「えっ……でも、お願いしたら聞いてくれる人なの？」

　父の人柄について話したことはないが。

　今日までの会話を経て、サヨリにもなんとなく、厳しい人だというイメージがついてしまったようだ。

「そうだな。だから、お願いの仕方を変えてみるよ」

「……？」

「本格的に、ネイリストの資格を取ることにした」

「えっ、マジ、ヤバ!?」

　一瞬、サヨリの顔が明るく輝く――。

　が、すぐにそれは困惑顔に変わった。

「……あれ？　資格と、ガレージの使用許可、関係ある？」

「関係あるよ。俺がここでネイルをしているのは、趣味じゃなくて、資格を取るため。ガレージは勉強のために借りる。サヨリとカーラがここに来るのは、その勉強に協力しているから――という体にする」

「……お？　おお？」

　サヨリはまだ、俺の言っている意味がわからないようで、目を丸くしていた。

　一方で、カーラはにやにやと笑みを浮かべ始める。

「ははぁ～んっ　ナルホド？　お父様に、将来のために資格を取りたいからガレージを貸してくれ、っていう言い訳するわけデスね？　親って将来とか資格とか言われたら弱いかもデスしねぇ？」

「まあ、弱いと言うと語弊があるが……資格勉強と言えば、協力してくれると思うんだ」

　将来のための勉強がしたいと言えば、単なる趣味に場所を貸すだけより、父も聞いてくれるはずだ。

「でも、さ、もとはと言えばSNSの写真が原因なワケじゃん？　そっちの問題は解決してないっていうか」

「ああ。カーラの事務所を通じて投稿写真は消してもらったけど、確かにまだまだリスクはある。ただし、そっちも考えてる」

　俺は、二人にスマホのサイトを見せた。

俺がプラモデルを制作代行しているときに使っている、仲介サイトである。手数料はとられるが、安全に商品――つまり俺が作ったプラモデルを、注文主まで届けてもらえる。

他にもここはＷＥＢデザインから、動画やアニメ、作詞作曲など、ネットを介して様々な特技を売買している。最たる特徴は、注文されるクリエイターがプロかアマかは問わないということ。

注文主が過去の成果物を気に入って、注文してくれたなら、そこで売買が成立する。そんなサイトだ。

こういうの正式にはスキルマーケットというらしい。

「まず、資格勉強で、ネイリスト３級の資格を取る。それからこのサイトに、俺のネイルチップなんかも載せてもらう」

「おっ。ＷＥＢ経由でネイリストになるってことデス⁉」

カーラがわくわくした顔で、四本の腕を振った。

「いや、ここに載せるのはあくまで、プラスチックで作ったチップ――まあ、つまりプラモデル制作代行の延長で、ネイルチップも作れますよってアピールをするだけだ」

「ふむふむ？　それで？」

「一応、ＷＥＢ経由とはいえ、これも商売でやってるから――もし父の会社に問い合わせが来たときは、ここのサイトや、俺の携帯番号を伝えてもらえばいい」

「ああ！　問い合わせ先をちゃんと作るってことデスか！」

カーラは合点がいったとばかりに、四本の腕をぱんと合わせた。本当に彼女の腕は、びっくりするくらいよく動く。

「まあ、3級とったくらいじゃ、すぐに注文は入らないと思うけどな。でも、父さんを納得させるためには、こうしたほうがいいと思う」

「WEBで活動しているクリエイターとしてなら、このガレージにあくまで借りてるだけってリクツも成立しやすいデスね。ははぁ、考えマシたね？　おにーさん！」

カーラがにやにやして、俺に顔を近づけてきた。

ついでに、後ろの腕で肩まで抱いてきやがる。だからどうして、サヨリといいカーラといい距離が近いんだ。

「いやぁ、ウチは良い案だと思いマスよ？　いよっ、天才！」

「その褒め方はやめろ」

とはいえ。

基本的には父も、ものづくりに携わる人間である。資格を取ってネイルを形にしたいという情熱を伝えれば、きっとわかってくれるはずだと考えた。

「とはいえ、俺だけじゃネイルの良さは伝えきれない。実際に、俺のネイルを体験してくれたサヨリとカーラがいたら、父さんの説得もうまくいくんじゃないかと思う」

「もちろんデス！　ウチらも一緒に説得しマス！　ネ、サヨリ――」

あれ。

そういえば、こういう話に真っ先に飛びつきそうなサヨリが、黙っている。

「サヨリ？」

カーラが不安げな声を出した。

サヨリは、なにも言わずに唇を噛んでいた。なんでそんな顔してるんだ。喜んでくれるはずだと思っていたのに。

サヨリの目から、涙がこぼれた。

「ダメだよ」

「え？」

「そんなの、ダメだよ、吾妻クン」

涙を制服の袖でぬぐいながら、サヨリが首を振る。

「え？　エ？　ちょ……さ、サヨリ？」

なんでサヨリが泣いているのかわからず、カーラが四本の腕をさまよわせた。

俺もさっぱりわからない。良い案だと思ったし、ガレージが取り戻せるなら、サヨリだってきっと嬉しいと――。

「あ、あれか？　ＷＥＢに俺のネイルの作品を載せてほしくないってことか？　そうだよな、俺のことクラスでも話したくないって言ってたし。でも、これはガレージのために……」

「ううん、違う、違くてぇ……」

感情表現の豊かなサヨリは。

泣き出す時もまた、豊かな涙があふれて止まらないようだった。

でも――俺は、完全無欠で、自分とは違う人間だと思っていたギャルが、こんなに泣くなんて想像もしていなかった。

「プラモデル……」

「え？」

「吾妻クン、最近、プラモデル作ってないって……」

「……？」

サヨリからの思ってもみない言葉に、俺は言葉を失う。

「それ、アタシのせいだよね。アタシが……吾妻クンに、色んなネイル頼んじゃうから、吾妻クンの時間がどんどん減っていって……プラモ作れてないんだよね？」

「ま、まあ、時間がないのは事実だが――」

「やっぱりぃ！」

うえぇん、とさらにサヨリが泣きだす。

なんで、プラモの話になるんだ？　それこそプラモは俺が好きでやっていることで、サヨリが気にすることなんてないのに。

「サヨリ、落ち着いて、一つずつゆっくり話すんデス」

「う、うん、ぶえ」

カーラがハンカチを取り出して、サヨリの目元をぬぐう。

サヨリから泣き声というか、鳴き声が漏れた。

「……ずっと、嬉しかったの。念願のネイルができて。きれいに爪にポリッシュが塗られて……あ、吾妻クンに頼れば、どんなネイルも形にしてくれるって」

ずび、と鼻をすすりながら、サヨリが話してくれる。

「アタシ、どんどん気持ちよくなって、あれもこれもって頼んじゃって……すっごくすっごく嬉しかったの。爪の色が変わるたびに、こんなに楽しくていいのかなって……でも、それと同じくらい、不安になっちゃって」

「不安って」

「こんなワガママ言って、吾妻クン、困ってないかなって」

やっと、少しだけ涙が落ち着いてきたらしい。

目元を真っ赤に腫らしながら、サヨリが言葉をつなげる。

「そんで、こないだ気づいたの。吾妻クン、最近ネイルばっかりで、全然プラモ作ってない。吾妻クンに聞いたら、やっぱりそうだって言うし……！」

「いや、それは俺が好きでやってることだから……！」

「うん、だよね。吾妻クンの好きなこと、アタシがネイルで奪っちゃったんだよ」

——そう、なのか？

俺はサヨリのワガママに振り回されて、自分の好きなことに時間が使えなくなったのか？

「資格勉強して、本格的にネイリストになっちゃったら……あ、吾妻クン、ますますプラモ作れなくなっちゃうよ！　アタシのせいで……そんなの、絶対ダメ！」

「サヨリ……」

「アタシ、吾妻クンのしてくれるネイルが好き！　大好き！　でも……でも、吾妻クンが見せてくれるプラモも好きだったんだよ！」

サヨリがまた泣き出す。

涙声になりながら、自分の抱えていたものを吐き出してくれる。

「私もネイル好きだから、吾妻クンの気持ち、めっちゃわかるし！　吾妻クンがプラモの話をしてる時、目がキラキラして、なんでも楽しそうに話してくれて……それを聞くのが楽しかったの！　だからやめてほしくないの！」

俺は言葉を失っていた。

いつでも、サヨリのネイルを第一に考えていたのは事実だ。サヨリの期待に応えて、彼女が喜んでくれればそれで良いと。

でもそんな都合の良さが、サヨリを不安にさせていたのだ。

「……ガレージを借りられないって聞いたとき、しょーじき、チャンスだって思ったの」

「チャンス、デスか？」

カーラがサヨリの肩を抱いて、優しく問いかける。

本当にカーラは、サヨリのことが大好きな良い友達だ。

「うん――吾妻クンに頼らず、一人でネイルするチャンス。ネイルできないわけじゃないってわかったし、だから一人で試してみよーって……っ」

「！」

俺は、嫌な予感がして、とっさにサヨリの手をとった。

「あ、あづまく……」

涙声でサヨリが戸惑うが、構うものか。

俺はサヨリの手をしっかりつかんで、その爪に貼りつけられたネイルチップを一枚一枚、剝がしてみた。

チップの下の生爪は、目も当てられない惨状になっていた。

爪には無数の傷がついて、表面の凹凸が一目でわかる。中指に至っては血がにじんだ痕があった。

爪の下まで削ってんのか！

カーラもその爪の様子を見て、ひえ、と小さく悲鳴をあげた。それくらい痛ましい状態である。

「あ、あはは……見られちゃった」

「おまっ……これ、なんでこんなぼろぼろに……！」

「グラインダー？　ってやつ買ってきて自分でやったんだけど……結構パワーの強いやつだったみたいで、えへへ、やっぱり吾妻クンみたいに、上手くできなかったよ……片手でやるのって結構大変なんだね？」

「…………」

俺は言葉を失う。

ネイルチップを付けていたのは、単にオシャレの手段がなかったからではない。爪を削るのに失敗したのを隠すためでもあったのだ。

「だ、だからね？　ガレージ使えないのは、アタシがSNSにあげたせいでもあるし……これからは吾妻クンに頼らず……一人で……吾妻クンもプラモ作る時間とれるし、そのほうがいいかもって……！」

「――――ふざけんなよ」

自分で発した声に、思ったよりも熱がこもっていた。

サヨリが正直に話してくれたせいで、こっちの感情も止まらない。

胸の中に渦巻いていたのは、ある種の怒りだった。

「あ、吾妻クン？」

「たしかにな。全部サヨリのせいだよ」

「うっ……」

「サヨリがいなければ、俺は絶対ネイルなんてしなかった。サヨリが毎日ガレージに来て、あれこれオーダーしなければ、それに応えようと思って、こんなにネイルのこと調べたりもしなかっただろう」

「……あの、ごめ」

　サヨリがまた泣きそうになる。

「モデルの仕事なんて絶対興味持たなかったし、他の友達も呼んでいいなんて絶対言わなかった。アレもコレも、全部サヨリのせいだ」

「チョ、おにーさん、言い過ぎっ……！」

　カーラが止めに入ろうとするが、俺は止まらなかった。

「だからな――サヨリのせいで、こんなにネイルが好きになったんだ」

「え？」

「俺の技術で、サヨリのオーダーに応えられるのが楽しい。爪に表現できるのが嬉しい。ネイルができて喜ぶサヨリを見て、俺も本当に嬉しくなった――ネイルがこんなに楽しいものだなんて、知らなかったんだよ」

「――」

サヨリが、ぽかんと口を開けていた。

俺が、いやいやネイルやってると思っていたのか？　頼まれていたから？　そんなわけないだろ。

きっかけが、サヨリに頼まれたからなのは事実だ。だけど。

「俺は、楽しいから、その時ネイルをしたいからやってたんだ。プラモの時となにも変わらないよ。作りたいものを、作りたいように作ってるだけだ」

「でも、プラモデルは……？」

「今は最優先じゃないってだけで、サヨリのいない時に組んでる。裏の倉庫には新作のプラモもちゃんと積んでる。制作代行の依頼だって細々だけど進めてる。メインじゃないだけで、作りたい時には作ってる」

そう、俺はいつだって、作りたいものを作ってきた。

プラモデルだってネイルだって、本質的には同じことをやってるんだ。どっちが大事とか、優先とかじゃない。

「新しいことを、技術を学ぶのが楽しい。資格の勉強だって楽しそうだし。実際に資格が取れたらもっと楽しいだろう。資格とれたら、ネイルサロン開くのも悪くなさそうだ」

俺は、改めてサヨリの手を優しく握り直した。

サヨリの泣き顔を、真正面から睨みつけてやる。

俺の創作意欲に火をつけたのはサヨリなのに、サヨリのほうから逃げていくなんて、絶対に許さない。

「俺は、俺が楽しいから、サヨリにネイルがしたい」

「っ」

「だから、責任とってちゃんと、俺にネイルをさせろよ。こんなボロボロの爪、絶対に許さない――最初に言いだしたの、サヨリのほうだからな」

「…………」

サヨリは。

しばらくぽかんと、俺の顔を見つめていた。

言いたいことを全部ぶちまけてから、俺は後悔する。なんか、感情に任せて全て話してしまった。

ちょっと恥ずかしくないか？　これ。

「ふっ……ふふ」

「サヨリ？」

「ちょ……な、なにそれ〜っ！　ふふ、ふっ、ネイルさせろって……おもろ、普通、逆だし!?　横暴すぎるでしょっ！　あっ、無理、ツボった……あはははははっ！」

「横暴じゃないだろ！　俺はネイルしないんだから、お前の手がいるんだよ！」

資格試験にもハンドモデルが必要らしい。

頼める相手なんてサヨリしかいないし、ここで『一人でネイルする』なんて言い出されては俺が困るのである。

「うん……ふふ、そうだよね、うんっ。ネイルするには、アタシの爪、必要だもんね」

「決まってるだろ」

「アタシも、吾妻クンじゃないとネイルしてほしくないし！　うん、決まりだね！　もうプラモがどうとか、気にしない！　ここでネイル続けるために、一緒にお父さん、説得しよっ！」

サヨリは何かを思ったように手を放す。

「アタシ、まだまだしてほしいネイル、１００種類くらいあるかんね！」

「多いわ」

「あははっ！　決まってるじゃ～ん！　知らないの、ギャルは欲張りなんだよ！」

手を後ろで組んで、サヨリは気恥ずかしそうに笑った。

俺は、ネイルをするためにサヨリの手が必要で。

サヨリは、ネイルをしてもらうために、俺の手が必要。

「アノぉ～……」

そんなことを思っていると。

カーラがサヨリに抱きつきながら、半眼で俺を見てきた。

「二人で盛り上がってるところ悪いんですケドぉ〜、ウチもいること忘れてないデス？　いつまでイチャついてんデスか〜？」

「い、いちゃついてなんかないしっ！」

サヨリが慌てたように否定する。

——なんか、いつもサヨリの手を握ってネイルしてたから、サヨリの手を触るのに抵抗がなかったな。

いかんいかん、ネイルの悪影響すぎる。

「おにーさんもぉ、責任とれとか言っちゃってぇ。フツー女のセリフでしょソレ」

「べ、別にそういう意味じゃないっ！」

「いやいやいや、おにーさん。わかってないデスねぇ？　女が、手を預けるってどういう意味なのか？」

「は？」

カーラはにやあ、と人をからかう時の笑みを浮かべた。

「手とか指先はね、女の命なわけデスよ。それを同性のネイリストさんならともかく、クラスの男子に任せるってことはねぇ……よっぽど好きで、信頼感がないとダメってことデスよ、わかってマスか？」

「女の命は髪だろ」

「女には命と同じくらい大事なトコがたくさんあるんデス～っ！」

詭弁(きべん)だと思うのだが、カーラは力説する。

「いいデスか！　ギャルにとってネイルは命！　自己表現そのもの！　それを同性ならともかく、同じクラスの異性に任せて、あれこれいじられたり、固いもので削られたり、あなた色に塗り替えられたり！　こんなのもうセックスデスよセックス！」

「ぶっ!?　いや、違うだろ！」

とんでもないこと言い出すなこの青肌(あおはだ)ギャルは！

「～～～～ッ！　カーラやめて！　てかそれはアンタもでしょ!?」

「ウチももちろん、これ以上ないほど信頼してマスよ？　吾妻クンのこと？」

カーラが四本の腕で、一気に俺の手を握ってきた。

くそ、四本腕でがっちりホールドされてるから逃げられない。

そもそも俺は男の中では力が弱い方だし。

「やだぁ！　吾妻クンとらないで！」

ドラゴンギャルがまた半泣きになる。今日ずっと泣いてるなサヨリは。

俺の手は四本腕に奪われているからか、サヨリはむしろ俺の二の腕に手を絡めてきた。

サヨリもまた、カーラほどではないが力が強い。

「吾妻クンは！　アタシのネイリストなの！　これから立派なネイリストになるんだから！　アタシが一番最初で、ずっとアタシの専属なの！　だよね、吾妻クン！」

「いや、えっと」

「だ！　よ！　ね！」

「は、はい……」

サヨリの圧に押されて、ついつい頷いてしまった。

ドラゴンギャルからの永久指名である。とはいえ、俺もさっき、恥ずかしくも『ネイルが好きだ』と感情を吐露してしまったばかりである。

今更、ネイルをしないという気はなかった。

「やれやれ、敵わないデスね」

煽ったはずのカーラが、なぜか楽しそうに笑う。

俺から手を放して、四本の腕で肩をすくめる動作をした。なにげない仕草が、いちいち、ダンスでも踊ってるように派手になる。

（まだ、ガレージを使えるかはわからない。けど……）

けれど、なんとなくだけど。

この三人がいれば、ガレージでなくても、どこでもネイルができる。何故なら、互いに、手を預けてもいいと思えるくらい信頼しているから。

だからきっと、大丈夫だろう。

根拠もなく、ポジティブにそう思えた。

——無根拠に楽観的になるなんて、俺もちょっと、サヨリに似てきたのかもしれなかった。

エピローグ　ドラゴンギャルのネイリスト

それから、数日後。

ガレージの事務室で、俺たち三人は、父への説得を実施した。

ＳＮＳのほうはすでに問題がないこと。俺は将来、ネイリストの資格を取るつもりであること。資格を取ったら、プラモ制作代行の他にネイル制作も始める予定で、そうすれば会社へのリスクも減る——などなど。

父は、俺たちの話を、じっと黙って聞いていた。

「あの、吾妻クン、すごいんです！」

そして、サヨリとカーラも、援護射撃してくれた。

「アタ……私が最初にお願いしたんです。私、亜人だから普通のネイルできなかったんですけど、吾妻クンがいっぱい、たくさん、工夫してくれたから」

サヨリの言葉遣いがいつもより固い。

父に対して緊張しているのがわかるが、それでも。

「吾妻クンがいなかったら、私――まだネイルできてなかったはずです。マジで、その、ええと、だから……ガレージでのネイル、続けさせてください、お願いします！」

「ＳＮＳには、もう情報が漏(も)れないよう気をつけマス。吾妻サンの資格取得も、皆で協力していきマス。ウチらもただ吾妻クンに頼るだけじゃなくて、ここの維持(いじ)に力を尽くしますノデ……お父さん、どうぞお願いデス」

　サヨリが頭を下げる。

　カーラもいつもの気だるげな口調ではあったが、真摯(しんし)に頭を下げた。

「――肇(はじめ)」

　父はずっと、俺たちの話を聞いてくれていたが。

　やがて、重い口を開いた。

「本当に、ネイルがしたいんだな？　本気で将来のことを考えて、資格を取りたいと」

「ああ、本気だよ」

「進路はどうするんだ。美容系の専門学校に行くのか？」

「それはまだわからないけど――ネイルなら通信教育とか、ネイルスクールとかもある。だから進路は普通の大学で、ネイルの勉強は他所(よそ)でしてもいいかもしれない。だから大学に行くのが無難……かな。でも、今は、この子たちにネイルをしてあげたいんだ」

「――一応、考えてはいるんだな」

父は大きく息を吐いて。

「わかりました。お嬢さんたち。引き続き、ここを使って構いません」

「っ……！」

──ああ、よかった。

説得の材料は揃っていると思ってはいたけど、ちゃんと父に届いたのだ。

「肇には改めて注意事項を言い聞かせておきますが、車に関する道具や塗料には、危険なものがあるので触らないように。SNSの使い方にも気をつけて」

サヨリとカーラが、真面目な顔でこくこくと頷く。

それが妙におかしかった。

「……肇の作ったものを、気に入ってくれて、ありがとう」

「えっ、い、いやいや、アタシたちこそ！　アリガトウゴザイマス！」

「これからも肇のことをよろしくお願いいたしますね、お嬢さんがた」

父が頭を下げる。

恥ずかしいのでやめてほしい。しかしこの空気でやめろとも言いづらい。俺はやや居心地の悪さを感じながらも。

ガレージが引き続き使えることに、ほっとしていたのだった。

「ね、ね」

そんな中で。

サヨリが顔を近づけてくる。ホント、距離感がおかしいギャルである。

「お父さん、吾妻クンに似てるね」

父に聞こえないようなささやき声で、サヨリがそう言ってきた。

「そうか？　どこが」

「真面目そうなところ」

サヨリがなぜか、楽しそうにそんなことを言ってくる。

——真面目である点には同意するけども、なんでそんなに楽しそうなんだか。


父の説得も無事に済んだことで、ガレージでネイルが再びできるようになった。

片付けていた道具を元に戻して、サヨリを出迎える準備をする。ガレージの内装も、もうちょっとネイルに適したものにするべきだろうか。

「ホントに良かったね、吾妻クン！」

そして、準備が整うと同時に、サヨリは早速ガレージにやってきた。

まあ、もう二週間近く、サヨリのネイルケアができていないのだ。サヨリとしては今すぐ塗ってもらいたくて仕方ないだろう。

「優しいお父さんで良かったね！　マジ感謝！」

「あれで、本気で怒るとめっちゃ怖いからな?」

サヨリは無邪気に笑っているけれど。

父の怖さは俺が一番よく知っている。

今回は、SNSの第三者が大きな原因であり、俺の迂闊さや失敗が原因ではなかったから、父もそこまで怒らなかっただけだ。

「でもでも、ちゃんと話聞いてくれたじゃん? やっぱ優しーっしょ」

「……」

「えっ、どしたの吾妻クン、じっと見てきて」

おそらく。

父の説得が成功した一番の理由は——サヨリのおかげではないかと俺は思っていた。

サヨリが、俺のやったネイルを気に入ってくれた。

俺も父さんも、一人でなにかを黙々と作るタイプの人間だ。そして作ったものが、誰かに評価された時が一番嬉しい。

このガレージで、息子が、クラスメイトの女子が喜ぶネイルを塗っていた。それが父にも共感できる、嬉しいことだったのではないかと。

そんな風に思う。

「いや……なんでもない。早速始めるか、サヨリ」

「うん。よろしくね！　いやー、アタシの爪、元に戻っちゃってさ」

「ああ……」

サヨリの爪を見せてもらう。金色の爪の輝きは、初めてネイルをした時と同じだ。

前回ネイルオフした時には、ベースとトップだけは塗っていたのだが、もはやその塗膜も跡形もない。

「……削り直しだな」

「だよね～。なんなん？　この再生力」

「ドラゴンだから……なのか？」

ドラゴン亜人であるサヨリにとって、ネイルは不自然なことなのだろう。彼女の爪に逆らう行為ではある。

だが、だからといってサヨリは絶対に諦めない。

何故なら、ネイルが好きだから。

「こんちはーっ！　無事に、吾妻ネイルサロン、再開デスね！」

などと考えていると、二人目の来客が現れた。

「ありゃ、サヨリもいマシたか」

「そりゃいるっしょ！　今日から再開なんだから！　アタシ、もうネイルしてもらわないと耐えらんない体になってるし！」

「うーわ、なんかえっち」

「そういうんじゃないからやめなー!?」

基本的に彼女たちは事前連絡もなく、ふらっとガレージに訪れる。だからこうしてバッティングも生じる。

「ま、順番待ちさせてもらいマスね～」

カーラは、作業机の後ろに置いたソファに座った。雑誌の中から、なぜか俺の模型誌を読み始める。

今日中に二人分か。時間足りるだろうか。

ていうか、客待ちが発生しているこの状況、本当にネイルサロンみたいになってきたな。

「お、検定の教本と……こっちは過去問？　ちゃんと勉強する気デスね、感心感心♪」

カーラがうんうんと頷く。

父に対して資格を取ると言った手前、中途半端は許されない——のだが、カーラが自慢げに感心するのはなにか違う。

「まあ、検定受かったら、今度から技術料とるか」

カーラの上から目線が癪だったので冗談めかして言ってみる。

「全然おけ！」

「ドーゾドゾ」

皮肉は通じなかった。人気モデルたちめ。

「ていうか、今までのぶんまだ払ってないし!?」

「ウチはとりあえず、持ってきましたよ。やってもらったことに比べれば全然ちょびっとデスけど」

「嘘(うそ)ぉ!?　えーとえと、サイフにいくらあったかな……！」

ヤバい。二人とも払う気満々だ。

「あの……すまん。今度ちゃんと請求書だすから、待ってもらっていいか……？」

「なんで受け取る側が申し訳なさそうなんデス？」

「まだ受け取る技術ないからです……」

今まで趣味の延長線上で、料金設定もろくにせずやっていたのだから、軽々にお金を受け取れるわけがない。

だが——これからは、それではダメだ。プラモ制作代行と同様に、金額を明確に定めなければ、WEB上での開業ができない。

「そんなことないよ！　吾妻クンちゃんとお金取らないと！　今、タダ働きじゃん！」

「あくまでもアマチュアだからな……？」

今はまだ、趣味の段階。でもこれから資格を取って、サヨリやカーラの手に触れていくのなら、趣味ではだめなのだ。彼女たちのこと、ネイルのこと、もっと知らないと。

専属のネイリストとして、命と同じくらい大事な手に触れていくわけだから。

「あのさ」

サヨリの指を研磨（けんま）している中、サヨリがどこか言いづらそうに。

「吾妻クン、資格を取ったら、WEB制作も始めるって言ったじゃん？　それって……本当に、ネイルサロンになるよね」

「ああ、依頼があればネイルチップを作ろうかと……それが？」

「ここのガレージにも、新しい人、来るかもってコト……？」

サヨリはおずおずと聞いてきた。

ああ、なるほど。

「――俺の技術、とられるのが嫌だって？」

「も、もちろん！　アタシのじゃないんだけど！　そもそも独占する権利とかないんだけど！　でも……吾妻クンが有名になって、ここに来られなくなるのは」

「大丈夫だよ。プラモの制作代行と同じで、基本的には顔を合わせない。そもそも、初対面の人の手をいきなり触る自信はまだないから」

「それって――アタシの手だから、安心して触れるってこと？」

「そうなる。WEB制作はあくまでも、チップだけだ」

まあ、それだって簡単には作れない。

サヨリにやったように、その人のオーダーや爪の形などを細かく見ていかなければ、満足のいく作品にはならないだろう。

でもこれも経験になる。

それに、ネイルとプラモの技術は似ているところも多いから、もしかしたらプラモ制作の糧にもできるかもしれない。

「でも、これから予約制にしようかな」

「えっ!?」

「エエ～ッ！」

「だって予約制にしないと、今日みたいにバッティングするだろ」

「うう、それはそうだけど……うう～！　いつ来てもやってくれるとこが、専属っぽくて良かったのにぃ～！」

「わがまま言うなよ……」

それぞれ、十分ネイルする時間をとるには必要な措置である。

そんな話をしているうちに、サヨリの爪の研磨が終わる。あとは塗料を塗っていくだけ、なのだが――。

「……？　吾妻クン、塗らないの？」

「その前にこれ、いいかな」

「へっ」

サヨリの爪に、ぱちりとネイルチップをはめた。

「――またネイルチップ、作ってみたんだ。これからＷＥＢ制作でもたくさん作るだろうし、試作品でもある」

「えええええ～～～っ!?」

「偏光カラーのやつ。前も気に入ってただろ」

あれから。

プラモ用の偏光カラー塗料を買って、それでチップを作ってみたのだ。もちろんサヨリ専用に磁石(じしゃく)を仕込んであるので、接着剤なしでつけることができる。

「ええっ、嬉しい～～っ……って、あれ、なんか前と光り方が違うような」

「プラモ用のちょっといい塗料。偏光で5色になる」

「ヤバすぎない!?」

前のネイル用は、偏光といってもせいぜい2～3色だったが。

今回はさらに、光の当たり方によって見えるカラーが増える。幸い、サヨリも気に入ってくれたようだ。

「吾妻クン、ウチ、ウチには!?」

興奮(こうふん)したカーラが、自分を指す。

「二十枚作れってことか」

「う。難しいデス？」

すぐに無茶を言われる。まあ無茶を言われるのも楽しいのだが。

「カーラはダメ！　アタシだけの特権！」

何故かサヨリが断ってしまう。特権なんてないのだが。

「ええ～っ、サヨリばっかりズルいデス！」

「ケンカするなよ。チップくらいいつでも――あ」

ああ、そうだった。

もう、ネイルは単なる趣味ではない。ちゃんと資格を取って、ネイルチップにもお金をとっていくのだ。

もう趣味では収まらないのだった。

「今回は特別プレゼント。これからはちゃんと料金表作るから」

「えへへ、特別かぁ……うれし」

サヨリに責任取ってもらうとまで言ったんだから。俺もちゃんと、ネイリストとして責任を果たそう。

そのためにはまず、きちんと勉強して、プロとしての仕事をしないとな。

「で、吾妻クン!?　なんで偏光カラーにしてくれたの!?　アタシに似合いそうだから……？」

「え？　ああ、それは……」

俺はちょっと言葉を選ぶ。

「キラキラしてるように見えて、ちょっと視点変えたらいろんな色があるなと思って」

「それって……アタシのこと？」

察しがいい。

いつでもキラキラしていて、まぶしくて、それなのに怒ったり泣いたり、あるいはネイル一つで、信じられないくらい喜んで。

光の当て方で、色が変わる、偏光カラーみたいな女だと思った。

そんなドラゴンギャルにぴったりのネイルチップだと思った。

『そうだ、吾妻クンが選んでよ！』

サヨリに、似合う色をずっと考えていた。

これが、今の俺の技術でできる、一番似合う色なんだけど——。

「さあ、どうかな」

俺はごまかした。

真正面からそれを伝えるのは、さすがに恥ずかしすぎる。

俺は、サヨリの爪から偏光カラーのネイルチップをはずし、プラケースにしまって——。

「ほら、今日のオーダーはどうする？」

サヨリにネイルを塗るのを続けるのだった。


完全無欠に見えたギャルにも、彼女にしかない悩みがあって、泣いたり落ち込んだりする。

それでも最後には彼女らしく笑う。

俺とは違う生き物だと思っていたけど。

こんなに違っても、交差する接点があるなんて思わなかった。

今はただ、この接点をできるだけ大事にしていきたい。

（……いつか、本当に彼女に似合うネイルができるかな）

きっとできる、やってみせる。まだまだ不器用な自分の指先でも。

だからしばらくは——俺はこの、ドラゴンギャルのネイリストでいたいのだった。

あとがき

皆様、大変ご無沙汰しております。

モンスター娘大好き、折口良乃です。

今回はドラゴンギャルということで、また新しい切り口の人外娘をお届けできました。


ある日、発作が起きました。

（書きたい……ドラゴンギャルが書きたい……ッ！）

特定の人外属性のことしか考えられなくなる、私の悪い病気です。

（あと青肌多腕女子も書きたいッ！）

ドラゴンギャル以外にも、特殊な属性で発症してしまいました。

この病気でラノベ作家を続けられております。いやホントに。

そんなわけで、寝ても覚めてもドラゴンギャルのことを考え続けた結果、『ネイル』という、今までまったく縁のなかったモチーフにたどり着きました。

プラモならまだしも、ネイルなんてわからない！

でも全てはドラゴンギャルを書くため！

主人公の吾妻クンと同じように、一からネイルを勉強し、その結果を作品に叩きつけてみましたが、いかがでしたでしょうか？

ドラゴン×ギャル×ネイルのストーリー、楽しんでいただけましたら幸いです。


それでは謝辞を。

担当の蜂須賀さん。丁寧なお仕事ぶり、素晴らしいと思います。お酒が大好きなので肝臓がちょっと心配ですが、私も飲むので人のこと言えないですね。

イラストを担当してくださったこむぴ先生。素晴らしいカラーイラストで、ドラゴンギャルの世界観を見事に表現してくださいました。細部までこだわりぬいたキャラデザとイラスト、本当にありがとうございます。

そしていつも絡んでくださる作家の皆さま、ならびに友人がた。家族。

ネイルがまったくわからない私からの様々な質問に答えてくださった、ネイルに詳しい友人の皆さま。本当にありがとうございます。

そして誰よりも読んでくださった皆様へ、最大限の感謝を。

2巻を出せたら、もっとネイルの世界を深掘りしていきたいです。

折口良乃

ダッシュエックス文庫

ドラゴンギャルのネイリスト

折口良乃

2024年9月25日　第1刷発行

★定価はカバーに表示してあります

発行者　瓶子吉久
発行所　株式会社　集英社
〒101−8050　東京都千代田区一ツ橋2−5−10
03(3230)6229(編集)
03(3230)6393(販売／書店専用)　03(3230)6080(読者係)
印刷所　大日本印刷株式会社
編集協力　蜂須賀隆介

ISBN978-4-08-631569-2 C0193
　Printed in Japan